THE WINTER GHOSTS

冬日梦魇

[英] 凯特 · 摩斯 (Kate Mosse) 著
孙菲 译

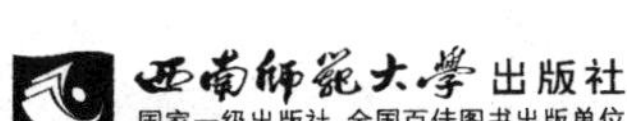
西南师范大学出版社
国家一级出版社 全国百佳图书出版单位

万墨轩图书
WIPUB BOOKS

“他的一切，上帝都知道。”

——拉迪亚德·吉卜林

（墓碑上的碑文，纪念不知姓名的陆军和空军士兵）

LO VIÈLH IVÈRN

Lo vièlh Ivèrn ambe sa samba ranca

Ara es tornat dins los nòstres camins

Le nèu retrais una flassada blanca

E'l Cerç bronzís dins las brancas dels pins.

年迈的冬季

可怜年迈的冬季回来了，

在马路上蹒跚，

铺上他洁白的雪毯，

赛尔斯风在松树林的枝头哭泣。

——奥克语传统歌曲

图卢兹 001

灰色忏悔街 003

阿列日省 011

阿里耶格河畔塔拉斯孔县 013

卡斯特拉钟楼 019

通往维克代索的山路 031

暴风雪来袭 041

山中的守望者 047

林中小路 053

尼欧村 061

盖里家 069

镜中人 075

移牧节 081

关于记忆和失去的故事 097

受到攻击 111

黄色十字架 119

法布丽萨的故事 127

大逃离 133

目录

破晓 141

高烧不退 149

盖里夫人的守护 165

布雷莱克兄弟 173

挥之不去的想法 179

发现洞穴 189

尸骨，幽灵，尘埃 195

富瓦医院 207

图卢兹 219

重返灰色忏悔街 221

后记 231

致谢 235

图卢兹

1933 年 4 月

灰色忏悔街

他走路的样子好像一个刚刚起死回生的人。每一步都是那样地小心谨慎，每一步都值得品味。

他身材高瘦，面庞清秀，或许还有点瘦。一袭衣装出自萨维尔街[①]：交叉缝制的浅色羊毛西装，宽肩窄腰的夹克。淡黄褐色的手套与毡帽很搭调。他看起来像个英国人，在一个如此宜人的春日午后，理所当然地走在这样的街道上。

但一切都只是假象。

他的每一步都太过于小心谨慎，似乎连脚下踩着的土地都不愿等闲视之。他一边走，一边用机灵、敏锐的眼睛快速扫着左右，仿佛决意记下每个微小的细节。

① 位于梅费尔（伦敦西区高级住宅区），以传统的男士定制服装闻名。（译者注）

图卢兹被认为是法国南部最美丽的城市之一。弗雷迪当然很喜欢这里。这里有19世纪优雅的建筑，道路与柱廊下面沉睡的中世纪历史，圣埃蒂安的钟楼与修道院，还有将城市一分为二的凶险河流。粉色砖墙在4月阳光的照耀下熠熠生辉，使得图卢兹有了一个充满爱意的别称——*玫瑰之城*。弗雷迪上次来图卢兹是20世纪20年代行将结束之时，至此，图卢兹几乎没有什么变化。那时，他还是另一个人，一个衣衫褴褛、悲痛欲绝的人。

现在一切都不同了。

弗雷迪右手拿着比本特餐厅的餐巾纸——他中午在那里吃了菲利牛排，喝了一瓶浑浊的波尔多葡萄酒——纸上潦草地写着一些指示。左胸袋里装着一封样式古老、满是灰尘的信。事实上，最后正是这封信成了他回到这里的契机，是它在今天把他带回了图卢兹。他无意间在山里发现了这封信，因此那里对于他来说意义非凡。虽然他一直没有读这封信，但在他看来，它弥足珍贵。

弗雷迪途经图卢兹市政厅，直奔圣塞尔南教堂。他行走在错综复杂的小路上，一条条弧形的小巷子上挤满了爵士乐酒吧，有意境的酒窖以及昏暗的饭馆。他躲过那些走上街头享受温暖午后的夫妻、情侣、亲朋好友，穿过一个个小型广场，一条条隐蔽小巷，沿着杜塔尔街一路前行，最终抵达他要寻找的那条街。他在拐角处迟疑了一会儿，仿佛有些犹豫。然后他继续前行，步伐敏捷，影子甩在身后。

灰色忏悔街的中间是一家书店，还有一些古董书商。这里便是他的目的地。他突然停下脚步，去看悬在商店大门上方漆成黑色的店名。那一刻，他的影子映照在墙上。随后，他侧了侧身，窗子上又泛起温和的金色阳光，窗外的铁栅栏闪闪发亮。

弗雷迪盯着陈设看了一会儿，里面有印着金色叶子、装在可滑动的黑色和红色高度抛光的皮质盒子里的古老书卷，蒙田、阿托纳尔·法朗士以及莫泊桑的一部部作品书脊相连。此外，还有一些不太熟悉的名字，如安东尼·戈代，费利克斯·加里古，也有布莱克伍德、詹姆士、开里顿·勒范努写的鬼故事集。

“要么现在进去，要么永远也不进去。”他说道。

弗雷迪推开门，门把手很紧，门轴也不那么灵活。从商店深处传来铜铃“叮叮咚咚”的响声。走进屋子，灯芯草蒲席在他的脚下发出“噗噗”的声音。

“有人吗？”他用省去尾音的法语说道，“有人吗？”

室内暗影错杂，和室外的光线形成极度反差，晃得弗雷迪睁不开眼睛。但午后尘埃的气息，胶水、纸张以及抛光木质书架的味道令人心怡。阳光穿过窗板照进屋子，灰尘在光束中舞蹈。他确信这就是他要找的地方，于是心里松了口气。他感到一丝欣慰，或许是因为终于到达目的地，或许因为这里是他旅行的终点。

弗雷迪摘下帽子手套，放在长长的木质柜台上，从外套口袋里拿出小纸板钱包。

“索拉先生，”他又喊了一次，“您在吗？”

他听到了脚步声，接着传来店后小门铰链的吱吱声，有人走过来了。首先映入弗雷迪眼帘的是那人颈部和腕部的一堆堆赘肉，浓密的白发下生着一张光滑平整的脸，但实际上他一丁点儿也不像弗雷迪想象中的研究中世纪历史的学者应有的样子。

“您是索拉先生？”

那人点了点头，谨慎、厌烦，对这个不请自来的人提不起一点兴趣。

“我需要一个翻译，”弗雷迪一边说一边把钱包推过柜台，“有人告诉我，您可能会胜任这一工作。”

弗雷迪小心翼翼地把信从信封中取出，期间眼睛一直盯着索拉。信笺质地厚重，貌似根本不是纸，而是某种更古老的东西制成。字迹参差潦草，颜色如同脏兮兮的粉笔。

索拉的目光不由自主地移到信上。弗雷迪看见他的眼神锐利起来，先是惊奇，而后是惊讶，进而是贪婪。

“我可以看看吗？”

“请便。”

索拉从上衣口袋里拿出一副半月形眼镜，架在鼻子尖上，又从柜台下拿出一双薄亚麻手套戴在手上。他用虎口处轻轻地捧着这封信，将其举到灯下。

“羊皮卷。可能是中世纪晚期的信。”

“没错。”

“用这个地区的古语奥克语写的。”

“是的。”这些弗雷迪都知道。

索拉仔细看了他一眼，然后又低下头去看信。他深吸一口气，开始大声地读开头几行。他的声音出奇的轻：

尸骨，幽灵，尘埃。我最后一个离去。其他人都已潜入黑暗。如今，我的生命即将结束，寂静的空气中仅回荡着我曾爱过的人儿的一声回音。余下的，唯有孤独、沉默。 佩尔桑特。

索拉停下来，饶有兴致地盯着眼前这个缄默的英国人。他看上去并不像一个收藏家，但谁也说不准。

他清了清嗓子:“先生,请问您是在哪儿找到这封信的？”

“华生。”弗雷迪从口袋里拿出名片，“啪”的一声放在两人中间的柜台上，“弗雷德里克 · 华生。”

“您可知道这封信的历史意义？”

“对我来说，它的意义纯粹是个人的。”

“或许的确是这样，但尽管如此……”索拉耸耸肩，“这是您家里祖传下来的吗？”

弗雷迪犹豫了一下：“有没有什么地方我们可以谈谈？”

“当然。”索拉指了指商店后面角落处的一张低矮牌桌，周围摆着四把皮革扶手椅，“这边请。”

弗雷迪拿起信坐了下来，一直看着索拉。索拉又一次弯下腰钻到柜台下面，这一次他拿出两个厚厚的玻璃酒杯和一瓶醇香的金黄色白兰地。弗雷迪认为，对于这样一个彪形大汉来说，他的行动不免有些过于优雅，甚至有些柔和。索拉给两个人都倒了不少酒，然后坐到对面的椅子上。他很重，坐下时皮革发出“扑哧”的一声。

“那您能为我翻译一下吗？”

“当然可以。但我还是很想知道您是怎么得到它的。”

“说来话长。”

索拉又一次耸耸肩：“我有时间。”

弗雷迪身子前倾，在绿色的粗呢桌布上慢慢伸开修长的手指，摆弄出各种图案。

“索拉，告诉我，您相信鬼吗？”

对方的唇上掠过一丝微笑。

“您且说。”

弗雷迪呼了口气，不知道是在释放压力，还是要表达什么其他情绪。

“那么，”他靠回椅背，说道，“故事大约开始于五年前，离这儿不远的一个地方。”

阿列日省

1928 年 12 月

阿里耶格河畔塔拉斯孔县

那是11月底一个风雨交加的夜晚，刚过完27岁生日后没几天，我登上开往加莱的联运火车。

在英国，我和其他人没什么往来，也没有理由再留在那儿，而且，那些日子我的身体状况很糟糕。我曾在疗养院待过一段时间，后来便开始努力为自己找一份工作，寻找人生的使命。我在一个教会建筑师的办公室做过一段时间的初级助理，又做过一个月的佣金代理商，但都没有坚持下去。我不适合工作，似乎工作也不适合我。

经历过一阵恶性流感后，医生建议我去游览阿列日省的城堡和遗迹，他认为这会有助于我严重受损的神经镇定下来。他说其他的东西都没能让我恢复健康，但山上清新的空气可能会起效果。

于是我出发了，没有事先设置任何特定路线。列车行驶在欧洲大陆上，和我在英国时一样，丝毫不令我感到孤独。在英国的日子里，我身边尽是点头之交，虽有仅存的几位朋友，但他们不理解我为什么无法忘却。在他们看来，停战至今已经十年，并且我的痛苦也没什么独特之处，因为每个家庭都在战争中失去过亲人，或是父亲、叔叔，或是儿子、丈夫，或是兄弟，但生活还在继续。

但对我来说并非如此。每当葱葱郁郁的夏季悄悄溜走，金铜色的秋季来临时，我便愈加无法接受我哥哥的死亡，越发不愿相信他已经永远地离开。所有应有的情绪——怀疑、否认、愤怒、后悔——都已过去，唯独悲伤紧紧萦绕在我的心头。我鄙视自己变得如此让人生厌，却束手无策。回想当时，我站在颠簸的船只上，远远地望见多佛尔的白色悬崖在我身后变得越来越小，我不确信那时的我曾打算回来。

场景的改变的确起了作用。一走出战争气氛依然浓厚的北部城镇和村庄，我便不像之前在家里一样，那么沉溺于过去。在法国，我是一个陌生人。我无须，也没有人指望我融入其中。没有人知道我，我也不认识别人。没有人会为我而失望。虽然说不上对周围环境多么感兴趣，但每天三餐、开车赶路以及寻找住处几乎占据了我白天的全部时间。

当然，晚上是另一码事。

所以几个星期后，也就是12月15日，我抵达了比利牛斯山脚下的阿列日省阿里耶格河畔塔拉斯孔县。那时天色已晚，一路上山路颠簸，令我浑身酸痛。车厢内的温度仅比外面高一点点。我呼出的空气使得车窗蒙上一层水汽，不得不用袖子擦拭挡风玻璃，直至衣袖湿透。

我经富瓦大道驶入小镇。那时白日将尽，空中泻下寒气逼人的粉色光芒。太阳早早地坠入高高的山谷，地上影子深斜。我面前是一座18世纪的钟楼，矗立在崎岖的地面上。钟楼很细，恰似一个哨兵迎接归来的孤独旅人。一条笔直的路引向小镇。那些狭窄的鹅卵石街道似乎表明小镇自信地接受了自己的世界地位，正是小镇的这一点吸引了我。

这一切暗示出，在这里，世代不变的古老价值观、永恒的时光与20世纪的需求共存。

从车窗缝隙飘来燃烧木材和树脂的味道，刺鼻却沁人心脾。我看见一座座小房子里灯光的跳动。咖啡馆里，服务员穿着长长的黑色围裙在餐桌之间走来走去。我渴盼融入这一切。

我决定停下来过夜。在旧桥路口处，为了不撞到一个骑自行车的人，我被迫紧急刹车。他为绕过路上的坑洼突然转弯，车上电石灯照出的光束上下跳跃。我停着车等他过去。这个过程中，对面面包店窗子里的亮光吸引了我的注意力。我看到一位年轻的售货员，帽子下方露出她粗糙的棕色头发。她的手伸进下面的玻璃柜，从里面拿出一块杏仁奶油三角面包，也可能是奶油手指泡芙。

时间已久，记忆有些模糊了，但在我的脑海里，那一情景仍然那么清晰——她停顿片刻，害羞地对我笑了笑，然后把泡芙放在盒子里，系上丝带。一束细微的光线照进我空虚的内心深处。这种感情持续了片刻，接着就被我先前所有情感堆积起的重量压灭，然后消失。

我很快在邮政大酒店找到了住处，它在广告上说可以为顾客提供停车场。沿街稍远处有一个叫作"枫迪停车场"的服务站，这在一定意义上表明塔拉斯孔正欣欣向荣地发展着，尽管我的奥斯丁七型车是停车场上唯一的一辆车。在酒店做入住登记时证实了我的这一猜想，酒店老板向我描述了几周前铝厂开业的情景。他认为这家工厂会给这个地方带来财富，也会给年轻人一个留下来的理由。

如今我已想不起谈话的具体细节。当时，我没有兴趣也不能忍受闲谈。十几年来我一直为乔治追思，我与其他人交流的能力早已退化。他曾一路与我并肩行走，并且是唯一一个能使我卸去负担的人。我再也无需他人。

但正是在那个12月的午后，我在小酒店里窥到了其他人的生活状态，为自己不能学着如此生活而深感遗憾。即使到现在我还记得店主对重建项目的一腔热情，以及他对小镇的乐观态度和雄心壮志。这与我沉溺于过去的心态形成鲜明对比。

一如既往地，每当此时，我都会更加觉得自己是一个局外人。我很高兴他带我参观完住处，留下我一个人整理行李，梳洗休息。

我的房间在一楼，俯瞰街道，景色宜人。窗子很大，是粉刷一新的百叶窗；单人床上铺着厚实的床罩；此外还有一个盥洗盆和一张扶手椅。简单、整洁，没什么特色。床单冰冷。我和房间相宜相生。

卡斯特拉钟楼

我打开行李取出衣物，冲洗掉一路走来印在脸上和手上的尘土，然后坐下来，一边抽烟一边俯瞰富瓦大道。

我决定晚饭前在小镇上徒步转转。时间还早，但温度已经很低，修鞋店、药店、肉店还有服饰用品店早已关灯打烊。一排排商店有如死人的眼睛，什么也不看，什么也不昭示。

我沿着阿列日省码头走回到小河上的石桥，那里是阿列日省和维克代索县的河流交汇处。我在黄昏中徘徊了一会儿，然后继续向前，走到河的右岸。曾有人告诉我，这里是小镇最古老也最与众不同的地方，这里便是马泽尔 - 维耶尔街区。

我漫步穿过一个美丽的花园，它在冬日里显得萧瑟荒凉，这样的景象完全契合我的心境。我像往常一样，在纪念碑前停下脚步，这处纪念碑是为了纪念在伊普尔、蒙斯以及凡尔登战场上死去的人们。即便是在距离战争如此遥远的塔拉斯孔，也有这么多名字刻在石碑上。名字之多，无以数计。

纪念碑的后面，枯瘦的冷杉和黑松形成一道走廊，通向墓地的锻铁大门。从高高的墙头望去，天使雕塑翅膀上的石头尖、基督十字架以及一两个精致的墓碑顶端，依稀可见。

我犹豫了一下，很想去参拜那些沉睡在潮湿土地之下的人们。但我抑制住了自己的冲动，我还不至于蠢到在死者中徘徊。于是，我准备转身离开。

但我的动作过于迟缓了。我看见他了。有那么不到一秒钟的时间，看到他站在我正前方浅浅的古老台阶上。这也许是逐渐消散的日光照出的影子，也可能是我的视力不太好，眼睛跟我开了个玩笑。我开心不已，于是如同往日，举起胳膊向他挥手。

“乔治？”

他的名字消失在死寂的空气中。然后，我感觉到我的肋骨紧了一节，有如古老座钟里疲倦的发条一般，发出“吱嘎”的声音，我的手臂绝望地沉下来。

那里没有人，也永远都不会有人。

我把手伸进大衣口袋，此时钟楼里的钟敲了四下，声音渐远，一点点地消失在潮湿的空气中。那些日子里，虽然我害怕见到他，但如若他不出现，我依然很伤心。而有时他的确会出现，我便欣喜若狂，在那一刻，我会相信他还活着。而那一切都只是一个愚蠢的错误。

那时，我才会记起他已经死去，而我憔悴的内心便再一次锁上心门。

“乔治。”我低声说道，心里明白根本不会得到回应。

一切都只是徒劳，我心灰意冷，颓然倒在纪念碑旁边。当我靠着石头支撑起身体时，我感觉到了压在我背上的死者姓名，仿佛它们正一点一点地蚀刻在我的皮肤里。

一张照片中的熟悉情景浮现在我的脑海里。那张照片曾镶在玳瑁相框里，摆在家里的餐具柜上。如今，我单把照片装进了行李箱底层。这张照片拍摄于 1914 年 9 月，定格在怀旧的棕褐色调之中。母亲坐在照片正中，她穿着高领上衣，戴着胸针，美丽而遥远。站在她身后的，一边是父亲，一边是乔治。乔治穿着制服，露出自豪的神色。帽子上的嘉德勋章和鲁西荣羽毛闪闪发光。他是皇家苏塞克斯团第三十九分队的乔治·华生上尉。

我当时 13 岁，处在尴尬的青春期，和画面中的人物分开而坐，我的头发不太平整。摄影师按下快门时，我的注意力被其他什么东西吸引，没有看摄像头，而是转头去看乔治。这些年来，我经常仔细看照片，试图读出当年我眼中的神情。

难道我是在寻求他的肯定、他的赞美吗？抑或是一个孩子因为自己被要求如此装模作样而表现出的无奈与愤怒？我不知道答案是什么。尽管我多次盯着那被定格的棕褐色调，但无论我多么努力去尝试记起当时的想法，我都找不到答案。

两天后，乔治被派往驻守法国的第十三营。至今，我仍然记得当时父亲多么自豪，母亲如何吹嘘，而我的内心却充满恐惧。我害怕至极，无法抗拒。那时我便知道，这并不是一条光荣之路。

在塔拉斯孔的寒冬中，我究竟在那里坐了多久，以至寒意穿透了我厚重的大衣和花呢外套？时间不断延展、收缩，当我们最需要它静止不变时，它却偏偏与我们的意愿背道而驰。

我想起我的父母，无论是对乔治，还是对所有那些死后随着时间的流逝而逐渐被遗忘的人，他们都是那样的冷漠、无情。于我而言，事情很简单——我的生活因乔治的死亡背上了沉重的负担。我觉得继续生活下去毫无意义。

事后，我意识到幻想、希望、憧憬等所有情绪同时向我袭来，它们犹如多米诺骨牌一般逐个翻倒。归根结底，这条路被走烂了。十年的哀悼在我的内心留下了不可磨灭的印迹。

最后，我振作起来，继续前进，内心感谢着黑暗。我在教堂旁边停留了一会儿，尝试着辨认出墙上的手写告示，强迫自己把注意力放在卡片中的字上。上面写有一个名字：“*la Daurade*”——这个词源自当地语言“*la Daurado*”。在当地语言中，意思是“金的”或“镀金的”。这是一座圣母雕像的名字，雕像曾一度被安置在教堂内。我试图点燃一点点兴趣的火花，别无他因，只是出于对我先前在教会建筑公司短暂工作的敬意。但事实上，我完全不为之所动。我的思绪执意回到刚才，回到在寒冷大地中沉睡的亡者那里。我不断地想起碎裂的尸骨、泥巴和鲜血、墓碑以及坟墓，还有其间未经修整的空地。

我摇摇头。乔治在他生命中的最后几个小时里，四肢被铁丝网缠住，深陷其中，躯体撕裂。我不想被这样的情景束缚住，也不想听到枪声或者人与马儿的惨叫，他们或者倒在枪林弹雨中，或是死在汽油燃烧的浓烟之中，或是地雷爆炸使得脚下土地突然塌陷。

我的困扰却是我对这二者耳熟能详，也可以说是知之甚少。十年来，我一直努力寻求1916年乔治离去那一天的真相，但我只能推测。我所得到的真相丑陋粗暴，它们没能使我接受事实进而继续生活，而是不停地困扰着我。

我又努力地转移注意力，去思考其他事情。我抬头看那美丽的教堂，欣赏它漂亮对称的设计和石头上雅致的细节，我又一次希望这些历史碎片能够像以前一样感动我。

我戴着皮手套，僵硬的手指慢慢摸起装在大衣口袋里由企鹅出版社出版的巴赫的《勃兰登堡第三协奏曲》总谱来。这本总谱花了我两先令六便士，我之所以买它，也是为了提醒自己曾经多么珍爱音乐。但音乐，和其他一切事物一样，都早已失去魅力。我不会再被沃恩·威廉斯[①]飙升的华彩乐段或埃尔加[②]逐渐降调的第七度音感动。正如同3月里繁茂的白色苹果花，4月开在绿篱里艳丽的黄色金雀花，或5月树林里盛开的兰玲草的迷蒙景象，它们丝毫都不会触动我。自收到电报的那一天起，一切都不再重要。电报写道：

“军事行动中失踪。疑似死亡。”

尽管寒风刺痛面颊和双耳，我依然一个人继续徜徉，穿过领事馆。我偶尔会听到关着的百叶窗后面传出的杯盘触碰桌子的声音，以及突然飘来的说话声或无线电话尖锐的铃声。但大多数时候我都是独自一人，与我做伴的只有靴子敲击鹅卵石的声音。

我顺着旧城区蜿蜒的台阶前行，爬到卡斯特拉钟楼脚下，

---

① 1872年—1958年，英国作曲家、作家、指挥家。（译者注）
② 1857年—1934年，英国作曲家。（译者注）

也就是我开车驶进塔拉斯孔时看到的那座细窄的塔。从这个角度，我可以看到比利牛斯山脉永恒的山峰如护城墙般环绕着小镇。塞都山的峰顶位于地平线之上，山巅白雪皑皑，在黑夜的衬托下好似幽灵。南端是维克代索河谷。

圣洛克街区的桑顿城堡灯火辉煌，有如博格诺里吉斯码头。萨巴大街上排列着一块块菜地以及菜贩们的低矮窝棚。曾经，这里的房屋如同火车站地区的野草般疯长，而现如今，窝棚和房屋争抢着地盘。在山谷南端的河口处是新厂房，长而扁平，那是山间古老韵律的现代守门人，令我想起儿时家里围墙花圃中的温室。

烟囱吐出白色的烟云，掺杂着正在锻造的铝、钴、铜等金属的怪异蓝色、绿色，或是黄色。空气中弥漫着烧焦的气味，那是工业的味道，是时代进步的味道。

卡斯特拉钟楼禁止入内。一个小门被钉得结结实实，钟楼的中间有一扇假窗，外面用黑色铁栅拦着。钟楼底部杂草丛生，灰色的石头上满是青苔。

但它的位置的确令人眩晕。周围都是笔直的峭壁，没有屏障或扶手供爬至此处的勇敢旅者扶靠以避免滑下去。

我站在钟楼脚下，那里寒气逼人，空地狭窄，向下看时，不禁一阵头晕目眩。黄昏将尽，我感到空间之辽阔。那一瞬间，我意识到在此刻结束一切是多么容易。我只需闭上双眼，脚步迈向温柔的天空。坠落的过程中，我只会感觉到空气，然后笔直降入阿列日泛起泡沫的河水之中。我想起旅行箱里的左轮手枪，我把它藏在费尔岛套衫下面。乔治服役时也有一把韦伯利，而我一直没有勇气使用我这一把。

五年前我因精神崩溃被送入疗养院，缘于一个偶然的机会，我得到这把手枪。当时，我沿着伦敦东区狄更斯式的小巷匆忙地向前走，周围尽是黑色烟尘，空气中弥漫着人们的无奈，还有廉价杜松子酒的味道。最终我到达目的地，地址是乔治的一个战友偷偷塞给我的。

辛普森是一个堕落之人，他经常喝到酩酊大醉，以此来忘记自己是唯一一个逃兵的耻辱。正是如此，当生命中的负担压得人喘不过气来的时候，他比其他人都明白迅速而简单地解决问题是多么重要。

知道乔治也曾拥有过一支这样的手枪，我便买下了它。有那么一会儿，它使我勇气倍增。它也一直让我惴惴不安，我从来没有开过枪，甚至都没有给它上过膛。

矗立在塔拉斯孔险峻峰顶的钟楼脚下，我想到或许最后一刻终于到来。那一瞬间，我感到血涌上头。我为终于可以果断行动，可以重回乔治身边而兴奋不已。但这种想法仅持续了一瞬间。随后，这种冲动就夹着尾巴偷偷溜走了。我慢慢从边缘处踱回脚步，手指再次触摸到平整的砖墙，感受着背后的石头所给我的那种安全感。

过了几分钟我才不再眩晕。然后我转过身，沿着那些从山顶一直铺到山脚街道上的宽宽浅浅的台阶走下山。阻止我跳下去的究竟是勇气还是懦弱？我说不清。即便是现在，我也分不清哪些是真善，哪些是伪善。

后来，我在旅店对面的餐厅吃了些简餐。因为不想深陷进自己思想的囹圄，我在圣魁德里大街找了一家酒吧。在那儿，人们欢迎任何陌生人，却不会打探别人的隐私。

他们自豪地谈论着塔拉斯孔的未来，声音粗犷。当我举起酒杯为小镇的繁荣而干杯时，我懂得了遗忘过去、继续向前的意义。我知道了整个世界是如何吹着哨笛敲着鼓，不断向前行进的。小镇上趾高气扬的产业在向旅人和所谓的平民大肆宣扬：

生活中不只有庸俗的回忆，还有未来在等着你。佛兰德斯的废墟应从记忆中褪去。死者固然需要被铭记，但生活仍需向前。要期待明天，听音乐，和头发清爽的女孩约会，在皮卡迪利大街仿造别致的新建筑……要假装一切都有自己的价值。

夜幕逐渐降临，屋子里弥漫着红酒微醺的香气和呛鼻的烟味。我记得当时我正试图告诉酒友我用了十年都没有学会如何忘记。我向他们讲述，即便是电子标志牌和川流不息的马路也无法掩盖逝者的声音；我告诉他们，那些我们曾深爱着的人们不曾离去，他们一直在我们身边，我们用余光便可以瞥见他们。

但我法语讲得不好，并没能说清其中的哲学道理。而且，出于礼貌，忧伤是个人的事。所以，最后他们和我握握手，拍拍我的肩膀，这个晚上就过去了。他们的确陪伴我度过了这个夜晚，但几乎没有心灵上的沟通。

当我在微醺中躺回自己的床上，我开始辗转反侧，无法入眠。我听着唯一的一座钟一次次地敲响，感受着时间的脚步。直到熹微的黎明透过百叶窗的木条照进屋子，我才沉沉入睡。

“索拉，我之所以把这个夜晚描述得如此细致，并不是因为我有多么在乎这个小镇。对我而言，它和法国南部那里的其他小镇相比，没有什么独特之处。但我一定要告诉你那个晚上的每一个寻常时刻，这样您才能明白，塔拉斯孔的那个夜晚并没有显现出什么征兆。我一边怀念，一边伤感、自怜，那些日子里我一直是这样一种状态。平时的夜晚，我的心情更糟糕，那天算是稍好些的。我的心理处于无人区，既不前进，也不回头。”

那时山上的守望者已经注意到我，而我却一无所知。

她已经在那儿等着我了。

通往维克代索的山路

无论是在被关在疗养院那段最黑暗的日子里，还是后来在苏塞克斯家里的恢复期，一天之中，我最惧怕的就是黎明。清晨时，我觉得自己与身边那个正在苏醒的世界格格不入，愈发感觉到我的生命毫无价值。春日里，天空湛蓝，树叶背面重现银色，恢复生机，似乎连绿篱里的白屈菜和欧芹都在嘲笑我的死气沉沉。

回想起来，我精神崩溃的原因很简单，但当时似乎并非如此。我身边的人，尤其是我的父母，近乎粗俗地认为，过了很久我才垮掉。乔治死后六年，我受创的心灵才放弃斗争，但事实上它一直都在持续恶化。

我们在离福特南 - 梅森公司不远的一家餐厅庆祝我的 21 岁生日。我至今依然记得蒙特贝罗 1915 年产的香槟触到我舌尖时的味道，当年福特南公司为珠峰探险队赞助的便是这种酒。

父母同我坐在那里，冷淡、沉默，乔治也在桌旁，那是他的灵魂。只有他在场，我们才算作是一个家庭，他的作用有如黏合剂。没有他，我们三个便成了彼此无话可说的陌生人。我只是他们的另一个儿子，我喝着香槟，打开礼物，那时，乔治都还没有成年。这是一个错误。

一切都是错误。

我活的时间比乔治长了，现在我是大哥哥了吗？我们交换位置了吗？这样的想法越来越强烈，在我的头脑中挥之不去。穿着黑白相间衣服的服务员在我们身旁轻轻走过。香槟的气泡划着我的喉咙。餐具发出的声音刺激着我的神经。

“你高兴点儿，弗雷德里克，”母亲呵斥我，“即使不开心，至少也要假装开心！”

“别管他！”我的父亲咆哮道，但他挥挥手拒绝了服务员送上第二瓶蒙特贝罗。

我所能想到的都是以前过生日的情景，每次都是乔治让我开怀大笑，送给我礼物，把普通的一天变得特别。5岁时他送给我一个红白相间的陀螺，9岁时送我一副弓箭。最后一份礼物是他1915年12月从法国寄来的斯科特上尉写的《“发现号”航海日记（第一卷）》的第一版，蓝色印花纸板封皮，用牛皮纸和细绳包装。

就是这样。有关这本书的记忆。我和他已经死去的这一事实抗争了六年，最终，我屈服了。在那个铺满天鹅绒的豪华餐厅，我慢慢失去意识。一切都开始慢慢散去。我记得我小心翼翼地把香槟酒杯放在面前的桌子上，但在那之后的事情，就几乎什么都不记得了。我有没有哭？我提高嗓音，不停地转动眼睛，是不是打扰到了那些顽固的妇人和退伍军人？我是否打破了瓷器或做出其他怪异的动作？我完全不记得了。我只记得自己在从皮卡迪利被送往米德赫斯特郊外的私人医院过程中，吗啡的雾气迷人，雪花飘落伦敦街头，汽车一路颠簸。

在疗养院里，圣诞节和1923年的元旦都与我无关。只有当春天来临，我窗外的槲鸫开始清脆吟唱，整个世界才小心翼翼地回到我的生活中。我开始在两个古板的护士的陪护下，每天在院子里散步一小时。后来只剩下一个护士。再后来，户外活动时间逐渐增加，且可以无需陪护。到4月底，医生认为我已近乎痊愈，可以回家休养了。

我被送回了家。父亲认为我缺乏意志力，很丢人，所以很少在家。我生病后，母亲对我比以前更加漠不关心了。如今，我已明白她为什么反感我。我觉得她也有可怜之处。她原本以为为我父亲生了一个儿子后，她的任务就已经完成，而五年后却发现一切还要重新来过。那时，我慢慢长大，我认定自己就是不太招人喜欢，然后学着释然。

然而，那年夏秋之际，我的身体恢复了。但我每健康一点儿，就会远离乔治一些，实际上，我希望他是我唯一的陪伴。这似乎是一种背叛，因为我要习惯没有他的生活。

生活还在继续，步调稳健。战争的阴影逐渐散去。那些岁月悄悄溜走，变得不足为奇。然而，每当天色将晓，我依然感到绝望。每天清晨，日光重新回到这个庸庸碌碌的世界，它又赤裸裸地提醒我曾失去太多。

但 1928 年年底，我在塔拉斯孔的邮政大酒店里住的那一夜，第二天早上 10 点才醒来，那个清晨是在睡梦中度过的。我不再感到恐惧，胸口也不憋闷。我活动活动手指，转转肩膀，它们都还在，都还有知觉。

我可能仍然弄不清自己所处的时间点，但仅仅是事后意识到我的情绪在明显解冻，或是我前一天晚上从悬崖边上转身回来，意识到自己已发生重大改变。但我希望自己记得起床时是多么有活力。

我听到有小女孩在窗外的街头歌唱。那是一首民谣，或是什么山歌，我被那朴素的旋律深深触动。我将百叶窗大开，感受着打在胳膊上的彻骨的冷气。即便不能说我当时是有多么开心，但至少不是不开心。

我低下头朝小女孩微笑了吗？或者，她意识到我在看她，抬起头来看我了吗？这些我也无从记起，只记得她唱完歌后，那古老的旋律在空中回旋不绝。

我是餐厅里唯一的食客。一个相貌平平的女人给我拿来温热的白面包和火腿，上面涂着新鲜黄油和又酸又甜的劣质梅子酱。另外还有咖啡，是用真正的咖啡豆磨制而成的，不是大麦、麦芽同菊苣混合磨制的。我很有食欲，吃得很开心，不单单是为了维持生命。我从容地吸着烟，餐厅里烟雾缭绕，12 月的阳光照进百叶窗，形成一条条丝带，烟雾好似在其中翩翩起舞。我多么想再住一宿。但最终，我还是无力抵御内心的倔强，决定继续上路。

我结好账，从车库里提出我的奥斯丁，离开塔拉斯孔时已经 11 点多。我一路向南，朝维克代索开去。我没有什么目的地，只是随心而行。旅行指南上推荐壮丽的尼奥洞窟和隆布夫洞窟，12 月份它们不太可能向游客开放。尽管如此，我还是饶有兴致，至少它们是让我有兴致朝那个方向开去的。

我沿着河岸一路行驶，河边风景壮丽古朴。大多数情况下，路上只有我一人。我曾超过一辆牛拉木车。一辆旧军用卡车从我身边隆隆驶过。它的发动机嗡嗡作响，绿色顶篷布破烂不堪，上面溅满泥土，还少了一个头灯。我还遇到一匹没有被放出去吃草的军马。

虽然温度不断下降，但还没有下雪。随着海拔逐渐升高，平原上的霜层越来越厚。但我可以想象得到，如果夏末来到这里，会看到大片的金黄色向日葵，橄榄树的银绿色叶子亭亭如盖，黑色果实压着枝头。几间房子散落在陡峭山坡上，我猜想它们的阳台上一定用大地色的花盆栽着巴掌大小、或白或粉的天竺葵，中午阳光正好，红色藤蔓上结着一串串熟透的绿色葡萄。我中途停了两次车，下车活动活动腿脚，抽根烟，然后继续前进。

我前一天驶经的阿列日河谷，在冬日里植被繁茂，风光壮美，今日则多为洞窟峭壁，尽显古韵遗风。有些地方岩石和森林会挡住去路，好像是试图从人类手中夺回自己的领地。云朵悬挂山间，有如秋天的篝火生烟；云层很低，好像伸手就可以触摸。每个峰顶都有一个石灰岩露头，很是吸引眼球。但这里并没有我在利穆和库伊扎见到的摇摇欲坠的浪漫城堡或长期荒芜的军事据点，这里山崖正面尽是参差不齐的峭壁。这里不是废墟，而是岩石。这里没有人类居住的迹象，依然处于原始状态。

我头脑中不断浮现起学校课堂上的情景。教室里到处散落着粉笔灰，10月的午后光线昏黄，我听老师讲述着法西边界发生的血腥的故事。13世纪，天主教会曾向阿尔比教派发动战争。这是一场内战，一场持续了百余年的消耗战。焚烧、酷刑、有计划的迫害，后来诞生了宗教法庭。我们十一二岁的孩子还没有见过死亡，也不知道战争的含义，对于我们来说那等同于历险。我的童年阳光绚烂，完好无损。

后来，等我年纪稍大一点儿，同一位老师向我们讲述16世纪天主教徒和胡格诺派之间的斗争。绿色的大地—他称之为朗格多克—被忠实教徒的鲜血浸染。

我们生活的时代亦是如此。虽然法国的这个角落所遭受的战争灾难比加来海峡地区少，比村庄和树林遭到严重掠夺的东北部都少，但每一个十字路口都有战争纪念碑，随处可见的墓地和奖章向人们诉说着同样的故事。到处都表明那些人死于非命。

我停下车，熄灭引擎。我良好的精神状态脆弱无比，瞬间崩溃，取而代之的是熟悉的症状。掌心出汗，喉咙干燥，胃部剧痛。我脱下帽子，摘掉皮手套，手指抓住头发，闭上双眼，黏黏的手指沾上头油的味道。我竟如此轻易地就会被悲伤侵袭，我为自己感到羞愧。尽管我接受过谈话疗法及各种医疗救治，人们待我友善，我自己也会跪在教堂里的硬质木椅旁进行晚祷，但我破碎的心依旧不肯愈合。

就在那时，我第一次意识到空气中的干扰。那是一种躁动。我猛地抬起头透过污迹斑斑的挡风玻璃看向窗外，但并没发现什么异常。路上很是冷清，没有任何人从那里经过。但冥冥中好像有什么东西在动，因为高高山脊上的光线在变换。山峰愈发阴森恐怖，一点点向我迫近，山坡似乎也在彼此贴近。冬季里，连原始森林里的常青植物还有那光秃秃的树木都显得那样无情。它们的暗影下究竟隐藏着怎样的秘密？

我的心一紧。摇下车窗，身边一片寂静。又一次，什么都没有发生。远处没有传来任何走漏风声的脚步声或说话声，也没有“隆隆”的车轮声。过了一会儿，身边不再安静，我才意识到原来这寂静非同一般。当初应该能听到点什么的。我身后塔拉斯孔的熔炉发出的轰鸣声，或者是那些工厂烟囱里浓烟滚滚的声音；金属碰撞的声音，抑或是火车沿河谷上游蜿蜒而上时的鸣笛声；也可以听到河水汩汩流动的声音。但我只意识到寂静。世界安静到仿佛我是唯一一个活着的人。

然后，我听到了。不，不是听到，是感觉到。低声私语，仿佛是在唱歌。

“其他人都已潜入黑暗。”

我屏住呼吸。

“是谁？”

尽管乔治灵魂的声音已在我的脑海里日渐微弱，我还是听到了。但是，这次不同，这次声音更轻，温柔而细腻，它随寒冷的空气而来。是这个地方传出的回音？还是，塔拉斯孔的酒店外唱歌的女孩那哀伤的旋律飘到高山上来了？那是不是太稀奇了？那里当然没有人，一个人都没有。怎么可能有人呢？

我意识到，我的双手牢牢地握着方向盘。气温已经下降，一团团雪云正从南面迫近。车里也寒冷刺骨。我摇上车窗，活动活动手指直至恢复知觉，把围巾紧紧地系在毛衣领口处。

我拿起身边的物品以排除精神上的种种困扰。我俯身研究地图，试图找到我所在的准确位置。我一直在朝维克代索方向走，维克代索距塔拉斯孔约十五英里。我打算绕过那里，横穿整个县城，由乡间小路到达阿克斯莱泰尔姆镇。当时同乡的两个朋友正在滑雪场度过为期一周的假期，他们邀请我一起去过圣诞节。对于他们的邀请，我既未接受，也没拒绝，但现在我知道了融入朋友的好处。那时，我已孤身一人开了一个星期的车，我需要朋友的陪伴。

我凝视着车窗外。如果地图准确无误，那么我好像已经错过了去往阿克斯莱泰尔姆镇的路口。万一天气变差，继续向高山行进就太傻了。太阳已完全被遮住，天空的颜色有如脏兮兮的亚麻布。最好重新回到主道上。

我用手指在地图上划出路线。如果计算准确，在这条路上再走两英里，走过阿里艾特村、拉佩格村和卡普莱瑞纳克村，然后就可以回到通往位于低矮群山另一端的维克代索的大道上了。

我把地图册放在副驾驶座位上，书页翻开着。我重新戴上手套，启动发动机。小小的车厢噼啪作响，重新恢复了生机，我又上路了。

暴风雪来袭

我走了大约不到一英里，一阵疾风携雨夹雪而来，溅落在挡风玻璃上。我打开雨刷，结果适得其反，灰尘和冰霜抹了一玻璃。我摇下侧窗，伸出胳膊用手帕擦拭挡风玻璃上最脏的地方。

一阵强风击中车头。我敏锐地意识到，如果冻雨结成冰，轮胎会打滑，于是我从三挡降到二挡。一片雪花落在引擎盖上，大如六便士硬币，随后片片雪花纷至沓来。几秒钟内，我所在的地方就变成了暴风雪的气旋中心，至少看起来如此。雪花随旋转上升的气流打着漩涡，最终落在车顶，风声压过车内的一切声音。

然后，我听到“隆隆”的雷声在群山之间回响。难道打雷和下雪能够同时发生吗？或者说，存在这样的可能性吗？正在我思考之时，又一声巨雷在山谷间回荡，我的疑问已经毫无意义。

我加足马力，一寸寸艰难前行。路也似乎越来越窄。一侧是山峰的灰色雄伟峭壁，另一侧是一道鸿沟，山坡急剧陡峭。此时又开始电闪雷鸣，树木在闪电照亮的夜空中留下黑色轮廓。

我打开大灯，感觉到轮胎正在努力抓紧陡峭、湿滑的路面，我们迎着凶猛的逆风蹒跚而行。但雨刷弱不禁风，前后摇摆，发出尖锐刺耳的声音。

车窗一直关着，车内空气浑浊不堪。闻着潮湿的羊毛和皮革的气味、汽油味，还有脚下潮湿的地毯的味道，我的鼻子奇痒难耐。我探着身子，又用袖子擦了擦挡风玻璃里面，但丝毫不起作用。

我知道我必须要找到一个避风处，但视线范围内一座房子都没有，根本没有人类居住的迹象，甚至连牧羊人的小屋都没有。外面有的仅是无边无际的、冰冷的沉寂。

童年的另一段记忆潜入我的脑海。那是在老阁楼上的儿童房里，夜间照明灯已经熄灭。我被噩梦惊醒，大声喊着妈妈，她却从来不曾出现。我在黑夜中大声哭喊着。乔治坐在我的床尾，拉开窗帘，银色的月光照了进来。他安慰我说，没什么好怕的，没有人会伤害我，我们是华生家族的后代，无敌无畏；只要我们团结互助，就不会被打败。乔治陪在我身边，我对他的话深信不疑。

那时他多大？11？12？他怎么知道如何安慰害怕黑暗的孤独的孩子呢？他既没有表现出太多的同情，也不至过于冷漠。他怎么知道永远也不要再提这件事呢？

“华生家族的后代。”我低声说道。

所以我开始自言自语，振作精神。我说：“我并没有遇到什么实质上的危险，只是需要保持冷静。因为周围树木林立，所以汽车遭雷击的可能性很小。从声音上判断，暴风雪愈加猛烈了。那雷声呢？它只不过是异常天气的附加品，仅此而已。没有什么可害怕的。噪声并不能造成伤害，更不能致死。它不是子弹，不是氯气，更不是炸弹或刺刀。乔治对他时刻要面临的危险都已了如指掌。这对于他，对于军队里的所有人而言，都不值一提。”

我坚持着，但头脑中的这种对比十分空洞。勇气并没能让乔治保住性命，没能让任何人保住性命。如果天气继续恶化，道路很快就会无法通行。黑暗中不只有幽灵，危险也真实存在。路面已经开始一点点结冰，我稍不小心就会失去控制，跌落悬崖。

或者说，即便不坠毁，我也会被冻死。再强壮的人也无法战胜寒冷，比如探险北极的南森[①]，被困南极的威尔逊和鲍尔斯[②]，在珠峰失踪的马洛里和欧文[③]。我会像我儿时的英雄斯科特一样，被困于一个荒凉、无情的世界，然后死去。但和斯科特不同的是，我已离开大本营 11 天，没有人会来找我，没有人知道我在哪里。

是自怜抑或只是事实？我只能说，我考虑自己所处情况时，愈发理解了其中的讽刺意味。在我正前方的便是遗忘，前一天傍晚在卡斯特拉钟楼我还拿它当儿戏。然而，还不到二十四小时，当命运就要帮我达成这一愿望时，我却不想死了。

“我不想死。”

我说出声来。事实竟然如此，我为之一惊。然后一道闪电，直接击中我正前方的路，照亮了路旁的一块木头路标。

我犯了傻，拉了手刹。前轮停住了。我向回打方向盘，争取将车控制住，但十分艰难。我感觉到车轮在转动。我向一侧打滑，然后突然冲向公路左侧的峭壁。我离悬崖越来越

① 1861 年—1930 年，挪威北极探险家、博物学家及外交家。（译者注）
② 两者均为南极探险队员，1912 年被困南极。（译者注）
③ 分别为英国探险家和英国登山爱好者，两人于 1924 年挑战珠峰时失踪于山峰北坡。他们是否成功登顶尚不确定，成为登山历史上著名的“马欧之谜”。（译者注）

近，越来越近。我已经看到了悬崖缝隙。我再次猛地反方向转动方向盘，我的奥斯丁来了个 180°大转弯。我记得，就在那一瞬间，我很想知道这一切将如何结束。

汽车底盘上有东西像锚一样被崎岖的路面钩住了，使得车速降下来，但我停不下来，我的前冲力太大。我仍然在向悬崖冲去。

就这样了吧。

我撒开双手。我感觉到引擎熄灭了，然后“砰”的一声玻璃碎裂，落满我的双腿。一切都放慢了速度，车的移动、冲力、声响都慢了下来。一个一个生活片段在我头脑中一闪而过。我父母支离破碎的形象；我试着去爱的那个女孩的形象；11 月的日光照亮奇切斯特大教堂的小礼拜堂里皇家苏塞克斯团死者纪念牌的情景；还有关于乔治的回忆。

他曾否看到死亡如同幽灵一般来迎接他呢？当死亡来临之时，他意识到了吗？回想起来，这些想法竟然来得那么轻盈，那么静悄悄，这让我很惊诧。没有慌张，没有恐惧，只有平和。我感到灯光昏暗，柔和，有如黑色羽毛。我希望乔治在离去的那一瞬间也能感受到这种说不清的快乐。没有惊骇，最重要的是没有痛苦，只有释放，感觉如同亲人在迎接我回家。

过了一会儿，我又突然被拉回猛烈、明亮而又残酷的现实。我的车迎面撞在路边一块用来警告游客谨防坠落的岩石上，力度极大，导致引擎盖整个塌了下去。我的头部猛地撞向后方，又撞到前方仪表盘上，一阵剧痛。

在这之后，我失去了意识。

山中的守望者

私语，我听到窃窃私语声在群山之间飘过。

“我最后一个离开，最后一个离开，最……”

声音穿过呼号的风，有时很远，有时很近，近到让我觉得它就在耳旁，我甚至能感觉到它的呼吸。

“其他人都已潜入黑暗。”

“我在这儿。”我张开嘴却发不出声来。

紧接着传来啜泣声，仿佛是拼命地在岩石上攀爬、抓挠，一边爬一边发出可怕的哭泣声。那声音轻而柔弱，如垂死一般，仿佛晚祷时乡下钟声发出的尾音。

“我在这儿，”我低声说，“请帮帮我。”

我不确定这种似醒非醒的状态持续了多久。感觉就像在露天游泳池的水下漂浮，我缓慢地游着，在深绿色的水里慢慢向上浮，逐渐接近水面和阳光。视觉、触觉、听觉，三者兼具。

我能看到自己的指尖，感觉到双眸背后一片白茫茫，感觉到脚趾在靴子里动弹着。

我呛到了，开始咳嗽。不是溺水，而是醒来。我苏醒了。我能感觉到位于肋骨之下的心脏在跳动并发出“嘶”声，像小军鼓一样急促。我咽了一口唾沫，抬起手想弄掉脸上的雪，却看到手套的指尖处是红色的。我低下头，看到腿上的雪、玻璃和血迹混作一团，闪闪发光，却又颜色黯淡。

我把上半身靠回座位上。动作如此轻微，汽车却开始倾斜，于是我意识到自己必须下车。当时汽车处于平衡状态，但没有人知道这样的状态会保持多长时间。后来我才知道，原来是锯齿状的避震器断了，卡在大雪覆盖的岩石上。

我感觉到时间不多了。我看了看仪表盘上的时钟，上次看时间是快 3 点时，现在玻璃罩已被震碎，表也坏了，指针松松垮垮地指在 6 点半。

我一阵阵地头痛，血液冲上面颊。我稳住自己，然后身体前倾，打开门锁。一阵狂风立即从门缝吹进来，“砰”的一下把门吹到挡泥板上，整个车子开始摇晃。我小心翼翼地迈出一条腿，然后又伸出另一条，心里却并不确定自己可以成功逃出。我努力站了起来，趔趄着逃离汽车，腿上的玻璃碎片散落一地。狂风掠过双耳，我很难保持平衡，但最终还是设法关上了车门。

外面天寒地冻，我不禁耸起肩膀。我抚过车身，想估计一下汽车的损害程度。这台奥斯丁是我今年年初支付过父亲的遗产税后用余下的微薄遗产买下的。除经济价值外，它情感意义重大。它是我和父亲间的最后一个情感纽带。

好消息是，我伤得不重，车也还在。坏消息是，必须有人帮我才能让它重新启动。碎片散落一地，鞋底的玻璃碎片吱嘎作响。引擎盖塌陷，散热器垮在原处，仿佛胸腔破裂。一只前灯完全碎裂，另一只也已经被撞得变了形，挂在那里，仅由几根极细的导线与车体相连。

我在雪地里跪了下来。底盘下方悬着一块块金属和一根根管子。扭矩管也脱离车体了，踏脚板斜支出来，像撕裂的手指甲。

这样寒冷的天气非同寻常。雪停了，雾气还在打着旋，浓度愈来愈大，逐渐把我包围，钻入我的口鼻喉咙。大雾掩盖了一切声音，我身边的景色也失真了，让人不安。丑陋的树木和岩石也变成了神兽。

我把帽子尽量压低。即便如此，耳朵依然刺痛难耐。大衣下摆处的粗呢被雪打湿，粘在小腿上感觉很重。一滴鲜血顺着脸颊流下。我掏出手帕擦了擦伤口，淡蓝色的棉布上留下光亮的红色。伤口并不疼，但我从乔治那儿得知，受伤后不会立即疼痛。他告诉我，震惊是自然的麻醉剂，疼痛在后边。

我无能为力，只能把车留在那儿，去别处寻求帮助。我甚至不能冒险从车中取出行李箱，生怕我一碰，车子就会顺悬崖而下。

我环顾四周，试图分辨方向。我在哪儿？离塔拉斯孔近，还是离维克代索近？两个方向的能见度都仅有几英尺。浓雾中，我走过的路几乎全然不见，前方的路也消失在山峰的曲线中。

然后我想起，就在最后一道闪电划过时，我在路边见过一个木制路标，指示穿过树林下山的小路。我一路都没有见到房子，如果继续向高处行进，也不抱什么希望，似乎试着找找房子更为明智。小路一定通向某处。即非如此，也会有一些遮蔽处，不像山坡上，光秃秃的。

我锁上驾驶室门，把钥匙塞到口袋底，竖起衣领，把围巾绕紧，沿着小路向下走去。

我像好国王温塞拉斯[①]一样，在雪地里走啊走。整个世界都变成了白色，一切都没有了颜色，也没有明暗之分，看

① 一首圣诞颂歌里的主人公。相传圣徒斯蒂文纪念庆典（12月26日）那天，尽管天寒地冻，他坚持为一位穷苦农民送去救济品。（译者注）

不见一块土地。雾气在树枝上盘旋不动，但至少风小了一些。暴风雪的怒吼过后，一切都非常安静，静谧。

最终，我找到了那个路标。木板平放着，我拂去盖在上面的雪，但上面没有任何字迹，只有一个向下的箭头。情况看起来并不乐观，但似乎我唯一的选择就是朝着指示牌的方向走。

“随它而去……”

我又听到了那个声音。轻柔、闪烁而模糊，穿透寒气。

“我最后一个离开，最后一个。”

“什么鬼东西？”

我转了一圈，寻找声音的源头，但没有看到任何人。我告诉自己，既然高山和积雪可以迷惑人的双眼，那同样也可以混淆听觉。旁边确实没有人，但我知道我被监视了。我脖子后面汗毛耸立。

她又来了，随风而来，还是那样模糊，声音低微。

“其他人都已潜入黑暗。”

我抬起头盯着声音传来的模糊方向。这一次，我发誓我看到有人或是什么东西正在视线上方的山谷的另一边移动。单调的天空中显现出一个人影。我心跳加速。

“你是谁？”我喊道，就好像即便距离这么远，她也能听到我说话一样，“你想要我做什么？”

如果那个人影、那个幽灵真的出现过的话，现在却消失了。我困惑狐疑，驻足不前。是惊愕带来的幻觉，还是对发生意外的滞后反应？否则还能做何解释呢？在这样孤单的情况下，任何人都可能会制造一些其他人在场的证据，以证明自己并非孤身一人。

出于某种原因，我无法离开，又逗留了一会儿，直到被严寒战胜。我又回头看了最后一眼，随即起身朝树林中走去，把声音留在身后，把她留在身后。

至少我是这样想着。

林中小路

小路上杂草丛生，陡峭险峻，宽度仅够两个人并排走。但正如我所愿，常青树叶子繁茂遮阴，小路上完全没有积雪。地面上，我只能辨认出一道道冰封的车辙，那是一辆窄小的马车留下的，还有马或是牛的蹄印。我振作了一些，因为至少不久前有人从这条路上走过。

很快，我走到一个十字路口。看起来，走左边那条路的人多一些。橡木和黄杨尽显冬日气息。小路上的叶子，枞树的尖针，到处弥漫着湿润的味道。右边那条路情况类似，路边种着黄杨和白桦，但小路更为陡峭。它不是“之”字形的，而是一条笔直的路直接通往山下。

我低头看看靴子。尽管“均适”标榜自己出品的鞋子适用于各种天气条件，但我觉得厂商并没有将登山这种情况包含其中。冷气已经穿透鞋底，虽然我穿着两双厚羊毛袜，脚趾还是冻僵了。尽管如此，我脚上的这双鞋仍然完好无损。我的手指也已冻僵，裤腿底部紧贴着大腿。我应尽快找到一个地方暖和暖和。

我选择了右边那条路，因为我觉得它更快捷。那里仿佛已被人们遗弃，给人一种被忽视的宁静之感。没有脚印，没有车辙，地面上的护根物没有任何被破坏的迹象。似乎连这里的空气都更加寒冷。

小路异常陡峭，我不得不把双手支在膝盖上，靠着悬垂的树枝，这样才能保持平衡，不至于跌下去。

古木发达的树根在小路上纵横交错。石头、凹凸不平的地面、落在地上已成为化石的树枝，打上一层霜后十分湿滑，一根根树枝从路两边茂密的灌木丛中伸出来。这里的气氛愈加幽闭恐怖。我觉得自己被困住了，就好像森林在一点点将我包围。这里的景观有些怪诞。一切都那么熟悉，但又有些失真。

我能感觉到自己的神经已接近崩溃边缘。似乎连动物都已经放弃这怪异无声的树林。没有鸟儿在歌唱，灌木丛中也没有跑来跑去的兔子或狐狸。我加大步子，加快步伐，向山下走去。有时候我会踢到一块石头，随后便听到石子跌跌撞撞坠入昏暗的深渊。我的想象开始无限膨胀，好像每棵树后面都躲着奇怪的人影，一只只眼睛盯着我走过。我耳畔响起一个令人生厌又挥之不去的声音，它一直在质疑，是不是人们避开此处的原因不只是因为暴风雪？

在树林里灌木丛最茂密深邃之处，几乎已经见不到光线。萦绕在树木间的薄雾正在悄悄散去，在树干间若隐若现，仿佛一个小动物正在捕获自己的猎物。那一片静止寂然无声，无法穿透。

后来，我听到脚下一根树枝发出吱嘎声。我猛地停下脚步，竭力去听，又听到树叶和石子窸窣作响。灌木丛里有东西在动。我的心一紧。我知道比利牛斯山上有野猪，难道还会有熊和狼吗？

我四处寻找防身武器，然后突然停下。我的样子就好像我可以与随便什么野兽相较量，并且能获得全胜。如果我不幸遇到一只凶猛野兽，我的救命稻草便是保持不动，而且希望它不要闻出来我是个活物。万一它闻出来了，我只能撒腿就跑。

随后，我又听到一声刺耳的树枝爆裂声，这一次好像距离我更近一些。我立即行动，用眼睛四处寻找附近是否有树可以爬上去，但实际上所有的树都树枝高悬，触不可及。然后我听到了说话声，我总算是松了一口气。过了一会儿，两个模糊的身影出现在下方的小路上。是人，是两个男人，他们都扛着枪。其中一个肩上挂着的一对丘鹬，瞪着已经失明的黑眼睛，好似玻璃球。

“谢天谢地。”我叹了一口气。

既不是熊，也不是狼。我将信将疑，不知道我之前听到的声音是不是他俩的说话声。尽管从面容上来看并不像是他俩，我还是大声地和他们打了招呼。希望不会被他们误认为我就是刚才那个被追踪而又为之惊恐万分的动物，然后被一枪射死。

“你们好！今天天气如何？”

他们可能是偷猎人，或许担心我会报警。当他们走近时，我举起双手，表明我并不是什么危险人物。

“先生们，大家下午好！”

他们点了点头，没有说话。他们的皮帽压得很低，围巾遮住口鼻，只有眼睛露在外面，不过我能看得出他们行踪可疑。在山里闲逛之时和他们相遇，我又穿得如此不合时宜，我也不能责怪他们。

“我迷路了。我的车坏了。在山上。”

我大概地指了指来时的方向，试图向他们说明刚才突然来袭的暴风雪和车祸。然后，我问他们附近是否有地方可以求助。起初，两人都没有回答。我等了一会儿。最后，其中的高个子转过身沿小路的方向朝下指了指。

“小路通向尼欧村。”他声音低沉沙哑，满口烟味。猎人举起双手，做了两次同时弯曲十指的动作。我皱了皱眉头，随后便意识到他是想告诉我，走到那里需要20分钟。至少，我是这么理解的。

“20分钟？”

他点点头，然后把手指放在唇部。我笑了笑以示理解。他们没有打猎许可证。

“是的，是的。我懂。秘密，对吧？”

他又点点头，我们就分开了。他们继续上山，我继续下山，和他们说过几句话后，我的心情莫名其妙地好了起来。没过多久，坡度变缓，那里地势平坦，俯瞰着远处的山谷。天空晴朗，旷野上没有雪，仅垄沟里有一丝结霜的迹象。然后，越过一排光秃秃的树，我看到了生命的迹象。一束烟在空中袅袅升起。

“感谢上帝。”我叹了口气。

这个村子坐落在山间凹地，四周群山环绕。红色的瓦片屋顶，灰色的石头烟囱，中间高高耸起、鹤立鸡群的是教堂的尖顶。我加快步伐，把尖塔和钟当作视线范围内的定点。

我已经开始想象咖啡馆和酒吧传出温暖人心的嘈杂声，厨房里的餐具发出清脆的碰撞声，还有人们的说话声。

田野最远的角落处有一座桥。我朝它走去，迅速走到上面，惊讶地发现溪水还在汩汩流淌。我本以为，在这样的高纬度地区，小溪在10月至次年3月间都会冻结。但这里的河水还在奔腾，拍打着桥墩，飞溅到堤坝之上。我听见远处传来教堂微弱的钟声，音调单一，忧郁悲伤。

一下，两下，三下……

我很惊讶，从我弃车走到现在，时间才过去一会儿。但我知道，在有限的时间内我究竟经历了多少，相信有相似经历的人也会感同身受。我相信，突发事件所带来的惊愕和恶劣的天气已经混淆了我的时间感。

我仔细听着，直到钟声渐渐远去，然后我走下桥，继续横穿这片畦田。在这里，秋天似乎还没有完全离去。这里没有荒芜的灰白色山路，到处铺着金红色和古铜色的落叶。田野四周的灌木篱墙内点缀着星星点点的色彩，那是蓝色、粉色和黄色的小花，有如婚礼过后教堂庭院里散落的五彩纸屑。我还认出了金雀花，还有长得高高的秋罂粟。它们红得如此艳丽，就像鲜血溅落在结了白霜的青草尖上。

草地中有一条土路，宽度足够通过一辆马车或汽车。路面很是湿滑，我有一两次差点直立着滑行出去。

最终，我走到一处小木牌前，木牌表明我已经抵达尼欧村。我回首来时的方向，犹豫了一下。高耸的山脉隐匿在树木之下，在冬日的苍穹里巍峨矗立。我突然舍不得离开它们。想起我必须找到寄宿处，我又一次知道了自己所处的困境，知道了自己为解救汽车所需付出的努力，这一切似乎都是我力所不能及的。

萦绕我心头的不止这些。五年来，我多次幻想这一刻，但我仍然不知道为什么我会本能地感觉到这个村庄被悲伤笼罩着。有些东西不太对头，偏离了正轨，仿佛一幅画歪歪斜斜地挂在墙上。

我摇摇头。我没有资格对小镇指手画脚。我又累又冷，找到住处后就会有足够的时间来思考当天所发生的一切。我把手往口袋里伸了伸，走进了村子。

尼欧村

很明显，暴风雪跨过山谷，这里丝毫未受影响，因为马路上、屋顶瓦片上都没有雪的痕迹。

我走得很慢，试图对村子有个大概的了解。我路过几处低矮建筑，它们看上去像是商店或家畜圈棚。房屋排水沟槽处的水滴冻结成冰，形成一排排的冰锋利剑直指下面坚硬的地面。寒冷令人生畏，小镇也显得异常冷清。没有推着手推车卖牛奶和黄油的男孩，也没有邮政车。微弱的光线从住家半开着的百叶窗里照射出来，我偶尔会看到有人影在光线中走来走去，但没有人出来。有一次，我似乎听到身后有脚步声，但当我回过头，马路上却空无一人。还有一次，我听到一声狗吠，还有一个奇怪的反复的声音，就像是木头在鹅卵石地面上发出的摩擦声。但这些少有的声音来也匆匆去也匆匆，很快就消散在雾气之中。过了一会儿，我开始怀疑这些是否都只是我的臆想。

我继续向前走。后来，我偶然听到像羊叫一样的声音，虽然我知道 12 月份不太可能有羊叫。曾有人给我讲过每年两次的移牧节——在西班牙，人们每年 9 月举办节日纪念男人带领羊群出发前往冬季牧场，第二年 5 月时庆祝他们平安归来。在比利牛斯山上游的河谷地区，这是每年固定的节日，是当地人引以为豪的悠久传统。我不止一次听到过比利牛斯山在西班牙境内的山坡被描述为“côté soleil”，而法国境内的一侧被称为“côté ombre”，意思分别是“阳光”和“阴影”。

一路走来，虽然我仍不见人影，但屋舍开始逐渐变大，路况也有所好转。建筑端墙上挂着破旧的广告牌，推销着肥皂、零售商店自有品牌的香烟或开胃酒等；房子之间挂着丑陋的电话线……尼欧村的一切都显得那样单调而没有生气。海报已经褪色，失去了光泽，纸张的边角处也已经开始脱落。墙上固定电线的金属物锈迹斑斑，成鳞片状剥落。但这午后阳光的静谧却深深吸引着我，那是我所喜爱的精疲力竭的感觉，如同照片中一处曾盛极一时、如今却一落千丈的地点。这个被人遗忘的村落萦绕着落伍的气氛，而我感觉宾至如归。

现在我到了村子的中心位置——教堂广场。我重新戴上帽子——之前，雪已经渗到头带处，无论是用什么招数，我的额头都痒痒的——然后开始观察这个村子。

广场的中心有一个方形石井，呈拱形架在上方的黑色锻铁横杆上挂着一只提桶。在我所站之处，可以看见一家咖啡馆、一家药店，还有一个售烟亭。它们都已经打烊。咖啡馆上方的遮阳篷破旧不堪，松松垮垮地挂在墙上，仿佛连它都早已放弃希望。教堂占据广场一边，侧面是一排梧桐，银色树皮斑斑驳驳，如同老人手上的皮肤，似乎这些树都那么惨淡荒凉。路灯已经点亮。说是路灯，实际上却是老式的火炬，真真正正的火炬。沥青在露天燃烧，猛烈的火焰照在光秃秃的树枝上，在鹅卵石地面投下纵横交错的图案。

我的目光被一处狭窄的建筑吸引，它比其他房子都大，墙上挂着一个木牌。也许是寄宿公寓，或是旅馆？我迅速起身，穿过广场，朝它走去。低矮的木门前方有三级宽宽的石阶，旁边挂着一个铜铃。粗绳在寒冷的气流中扭转着，一圈又一圈。门楣上方的手绘板上写着店主的名字——盖里夫妇。

我深知此时自己看起来很不体面，于是犹豫了一下。我脸上的伤口不再流血，但衣领上却血迹斑斑，衣服湿透，也没有行李可以让我看起来像个旅客。我看上去有些令人生厌。我整理了一下围巾，把沾满血迹的手帕和手套塞进大衣口袋，又正了正帽子。

我拉了一下门铃，听到铃声传进屋子深处。起初，什么都没有发生。然后我听到里面传来脚步声，越来越近，而后是拉动螺栓的声音。

开门向外看的是一位老人，有些龅牙，穿着平领衬衫，一件马甲，深棕色乡村式长裤。一头白发下勾勒出一张满是皱纹、饱经风霜的面庞。

“有事吗？”

我问他是否有房间可以让我过夜，我猜他就是盖里先生。他上下打量我一番，但没有说话。我猜想我的法语表述可能有误，于是向下指指我的湿衣服、脸颊上的伤口，开始向他解释山路上的那场事故。

“一间空房，只住一个晚上。”我只住一夜。

他眼睛一直盯着我，朝后面喊去，声音打破走廊里的安静：“盖里夫人，到这儿来！”

一位矮胖的中年女子出现在阴暗的过道里，木鞋踩在瓷砖地板上“咔嗒咔嗒”地响着。花白的头发梳成中分，从前额向后扎了一根紧致的辫子。这让她看上去非常严厉，尤其是除了那条白围裙以外，全身上下都是黑色。连她过膝长裙下隐约可见的厚羊毛袜都是黑色的。但是，当我看见她的面容，却看到她表情诚恳坦率，一双棕色的眼睛流露出善意。

我向她笑了笑，她热情地回以微笑。

盖里挥挥手示意我再解释一次。于是我又开始枯燥乏味地讲述那场使我来到尼欧村的灾难。我没有提到猎人。

让我欣慰的是盖里夫人似乎明白了。她与丈夫用我完全听不懂的浓重方言简短交谈一阵过后，对我说，他们当然可以为我提供一夜的住宿。她还说，第二天可以安排人陪我进山找回汽车。

“现在没有人能帮忙吗？”我问。

她充满歉意地耸了耸肩，朝我身后指了指：“天已经晚了。”

我转过身，惊讶地发现就在我们交谈的这会儿工夫便日薄西山了。我正要谈论天色，盖里夫人继续解释道：“不管怎样，12 月的这一天是 14 世纪以来每年都要庆祝的最重要的节日——移牧节。”虽然我并没有听懂她说的每一个字，但我明白她在向我道歉，因为大家都在忙着准备晚上的庆祝活动。

“会有人帮您的，先生。”

我笑了笑：“既然这样，那就明天吧。”

于是我打消了疑虑。难怪整个村子会安静得让人讶异，所有的商店会全都闭店，广场上的火炬燃烧得那样异乎寻常。

盖里夫人“咯噔咯噔”地沿走廊走去，招手示意我跟着她。

盖里先生在我们身后关上前门，闩上螺栓。我回过头瞥见他还站在那里眉头紧皱，双臂松弛下垂。对于我这个不速之客，他似乎不太高兴，但我管不了那么多。我已经来了，就要留在这里过夜。

墙上有一个圆形的电灯开关，但天花板上却没有灯泡。相反，过道里点着油灯，微小的火苗被弧形玻璃灯罩放大。

“你们没有电？”

“这里供电不稳，尤其是冬天，时有时无。”

“那有热水吗？”我问。进入温暖的室内，我终于可以承认自己是多么精疲力竭。我一路跋涉，走到村里，双腿疼痛不已，整个人都冻透了。此刻我只想多洗一会儿热水澡。

“当然，我们用油加热器烧热水。”

我们沿着长长的走廊继续走着。有些房间开着门，我看了看，都空着。没有交谈声，也没有佣人在谈论活计。

“客人多吗？”

“现在不多。”

我等她详细地说下去，但她没有。虽然我很好奇，但没有在这一点上纠缠。

盖里夫人在楼梯口处一张高高的木桌子前停住脚步。我闻到了蜂蜡抛光的味道，这让我立刻想起童年时期通往阁楼上的儿童房的楼梯，那楼梯对于只穿着袜子的孩子来说非常危险。

“您请。”

她推过来一本年头已久的登记册——皮质装订线，厚重的乳色纸张，印着淡蓝色的细横线。我瞥了一眼写在我上面的名字，看到最后一条记录是9月份时的。打那以后就没有人来住过吗？心里这样想着，我依然签上名字。办好手续，盖里夫人从墙上排成一排的六个钩子上取下一把大个的老式铜钥匙，然后从柜台上拿起一根已经点着的蜡烛。

“这边走。”她说。

盖里家

我随盖里夫人走上瓷砖铺砌的楼梯，脚尖两次磕绊到楼梯踏板的木材突起处。

走到一楼缓台时，她举起蜡烛照亮第二层台阶，我们俩前后相跟着跌跌撞撞地走上去，她走到一个镶板门前停下来，打开锁。

“我会叫人来生火。”

房间舒适，设施齐全，有着和楼下一样挥之不去的抛光味道和尘土味，但非常冷。

盖里夫人用蜡烛点燃油灯时，我环顾了一下四周。门口处摆着一张小写字台和藤椅。正前方是两扇落地窗，填满一面墙。一张老式木板床靠着左边墙壁。铜环上挂着锦缎床帘，垂落在床的周围，我的祖母曾经也用这种床帘。我用手摸摸床垫。床垫坚硬而不平整，因为不常住人，有些潮湿，但于我来说已经足够了。

在房间的另一侧是一个沉重的五斗橱，顶部盖着一层蕾丝饰物，上面摆着一只大个的素瓷碗和一只水罐。柜子上方挂着一面镀金框的镜子，斜面四周有些划痕。

我脸颊上的伤口开始刺痛。我用手指摸了摸伤口，感觉到血液已经凝结成块。我问盖里夫人能否给我一些药膏。

“撞破的，”我觉得需要进一步解释，“我的头撞在仪表盘上了。”

“我会找点药给您送上来。”

“那真是太好了。还有一件事，我需要给我在阿克斯莱泰尔姆的朋友发封电报。”

“先生，尼欧村没有电报局。”

“那附近哪个地方有？或者有没有谁有电话？”

盖里夫人摇了摇头：“塔拉斯孔有，但我们这个村庄还没有这么便利。”她指了指桌子：“如果您愿意写信，我明早会派一个孩子送到阿克斯镇。”

“阿克斯镇近一些？”

“是的，近点儿。”

虽然看上去路途依然很远，但如果它是唯一的选择，那就这样吧。

“谢谢您。”我说完便打了个寒颤，“我不想太麻烦您，但我当时不得不放弃行李箱，行李箱在车上。所以，如果今晚您能借给我一些衣服过夜，我将不胜感激。”

盖里夫人点点头。

“我去找些我丈夫的衣服，在您烘衣服的时候穿。”她停顿了一下，“如果您想和我们一起庆祝移牧节的话，非常欢迎！庆祝活动10点开始。”

“谢谢您这么有心，夫人，但我怕我会打扰到大家。”考虑到那天的经历，我想我10点钟时可能起不来。

“没关系，谈不上打扰。”

此刻盖里夫人在对我微笑，尽管我筋疲力尽，浑身疼痛，但对于她来说，我似乎还算受人欢迎。她的热情极具吸引力。

“这是全镇居民欢聚一堂的日子，”她接着说，好像在背诵当地旅游局发行的宣传册，“按习俗，大家会穿着传统服饰——可以打扮成纺织工人、干部、战士，甚至是好人——穿什么都可以。”

“好人？”我以前听过这个说法，但想不起当时的时间和地点了。

“这天晚上我们缅怀老朋友，问候新朋友。那些仍陪伴我们左右的，还有已经离开我们的人。”她的声音有些颤抖，

“那些已经逝去的人。”

“我懂了。”

这正是这个小镇与众不同之处。我走过的其他地方教会我忘记过去，继续生活，而尼欧村却纪念历史，坚守传统。即便是每年只有一个晚上如此，我也被这一点深深地吸引。

“您刚才说庆祝活动10点钟开始？”

“是的，先生。10点钟，在奥斯塔尔街。那儿不太好找，因为老城区的许多街道都没有名字，而且许多巷子都成了死胡同。如果您有意加入我们，我可以给您一张地图。”

我本来一直盼着吃些东西，然后早点睡觉。我不太擅长和陌生人打交道，经常会害羞得说不出话来。但盖里夫人的热情极具感染力，而且很奇怪的是，我很想加入其中。

“您确定我不会给大家带来麻烦？”

她摇摇头：“大家会非常欢迎您的。”她停顿了一下：“另外，很抱歉，今天晚上没有新出锅的食物了。从6点开始，我们都应征去奥斯塔尔街帮忙了。”

我大笑：“那就这么定了。我当然会接受邀请，还有您送我的地图！”

她用围裙抹了抹手，眉开眼笑，显然对这一结果很高兴。那一刻，她让我想起“欢乐家族”纸牌中面包师的妻子班夫人慈祥的笑脸。

“盖里先生也会参加吗？”

笑容从她脸上消失。“夜晚的天气不适合他，”她平静地说，“他的身体受不了那样的寒冷。”

她把钥匙放在桌子上，恢复到之前就事论事的语气，轻快地说：“浴室在走廊尽头的右手边。我帮你把洗澡水加热，然后去生火，再给您找些衣服来。”

“谢谢！”

“您还需要什么其他的吗？”

“不需要了，谢谢。”

她点点头：“那晚上见。”

她走后，我立刻脱下靴子和潮湿的袜子，我被它们弄得很痒，然后掏空口袋，把东西全部放在五斗橱上：钥匙、烟盒、火柴、口袋书。我在桌旁坐下。桌上放着几张信纸，还有一支相当陈旧的钢笔，笔尖不很光滑。奇怪的是，钢笔里的墨水竟是满的。信纸上没有标题，所以我四下里看看有没有什么官方声明，上面可能写着这处住所的真实地址。门后有一张告示牌，告诉客人在发生火灾等紧急事件时的注意事项，但仅此而已。最后，我干脆写了“阿列日省尼欧村教堂广场，盖里夫妇家”。我深信，给我送回信的人可以很容易找到我的地址。

我潦草地写了几句，告诉我的朋友们，如果他们仍然欢迎我加入的话我很愿意去找他们。还有，我不知道何时才能修好汽车，但我会在一两天内告诉他们我抵达那里的时间。

当时没有吸墨纸，所以我就在空中摇摇信纸，对着笔迹吹气直至墨干。也没有信封，我便把信纸对折三次，在外侧写上阿克斯莱泰尔姆的酒店地址，把它放在桌子上，等一会儿再拿到楼下去。

我迅速脱掉衣服，只剩内衣。尽管疲惫，但情绪不错。我从床头拿了干净毛巾去找浴室时，意识到自己竟在吹口哨。

镜中人

我在浴室里洗了很长时间的热水澡，回到房间后，看到壁炉内生着火，屋子里弥漫着松脂的香气。这香气拨动我的心弦，把我的记忆带回到儿时的冬季。那时，我和乔治每年冬天都要回苏塞克斯的家中度过寒假。

盖里夫人已经拿来一盏油灯：铜柄，圆形炉膛，玻璃灯罩鼓鼓的，在桌子上放着。五斗橱上还多了一个托盘，上面摆着一只酒杯和一个瓶底很厚的酒瓶。

这一切都是如此惬意舒适。

我的裤子搭在壁炉旁的木衣架上。我用手摸摸那厚重的花呢布，还有些潮，但很快就可以穿了。我的套衫挂在稍低的横杆上，衣袖下垂；袜子在炉边的地面上晾着，羊毛最厚的脚尖处正对着炉火。但我没有看到我的外套、帽子和靴子，还有衬衫。我猜想一定是盖里夫人在浸洗衬衫衣领上的血迹。

她言而有信，找来一些可以借给我穿的衣服。确切地说，是一套戏装。我从床上拿起那粗棉布料的长袍式束腰外衣，笑了笑。衣袖只到肘部，没有衣领，原本是纽扣的地方现在是系带。这很像我曾经在学校里出演那场很糟糕的《仲夏夜之梦》时的装扮。

我在战争刚刚结束而精神状况尚好时，曾在伦敦参加过两次化装舞会。当时我玩得很开心。我喜欢那种匿名伪装，在那几个小时里，我可以装扮成历史人物或小说中的人物。我可以是沙克尔顿，也可以是郭德曼。

我已经从那场事故中平静了下来。于是我轻轻地披上束腰外衣，向后退了几步照照镜子。我虽说不上是莱特·哈葛德笔下的英雄，但我的头发自然竖起，再加上这套农民式的服装，我已经心满意足了。

我仔细看着镜子，发觉好像有什么东西钻进了我的影子中，尽管镜子的斜面上有裂纹，在镜子中盯着我看的那个影子却再也不曾出现。那个人就是我，或者说是不曾陷入悲伤的我。我的面庞仍然留有失落和疾病的痕迹。我面色苍白，这不容争辩，而且我的绿眼睛可能有点太亮了，但是这些特征都是那样熟悉。我逐渐显露出我曾经的样子。我是住在苏塞克斯郡拉旺镇十字小屋的乔治和安妮·华生的小儿子弗雷迪·华生。

我又看了一会儿，很高兴当时自己能够独处，等我光着的脚丫被冻得冰凉时才停止。我赶紧穿好衣服。盖里夫人没有给我拿和这件衣服搭配的裤子，我想她可能是想让我穿自己的裤子。裤腿卷起处还有点湿，但也可以穿。于是我迅速把它套上，系起开口处的纽扣，然后在凹凸不平的垫子上“砰砰”地试着鞋子，这双鞋子是盖里夫人留下让我替换掉原来那双靴子的。

我在油灯下仔细看了看这双鞋。它们看上去也是演戏用的。那是一双软皮靴，没有跟，也没有鞋带。这双鞋也勾起我的回忆。那是一个圣诞节，妈妈带着我和乔治去歌剧院看《彼得·潘》。我之所以对这件事记忆深刻是因为妈妈很少陪伴我们左右。我们在中场休息时间吃了果冻，妈妈面色红润甜美，在剧场昏暗的灯光下容光焕发，她仔细观察着在座的观众以及他们表现出的当前的潮流趋势。随后的数月里，乔治和我总是把彼得·潘的警句挂在嘴边，讨论究竟怎样一种死法才是“最刺激的冒险”，那时我们认为自己有趣极了。

我低头看着手里的靴子。它们和扮演彼得·潘的小男孩穿的一模一样。我听到乔治在我耳边取笑我竟打算穿这样的鞋子。

“太大胆了，老兄。这真是太大胆了。”他肯定会这样说。我能听出他的冷幽默，他语气的变化。他的话戳中我的胸膛。

“的确大胆，但还不赖。”我说道，“非常好。”

笑容从我脸上悄悄溜走。实际上，这些话都是我在自言自语，而不是乔治在说话。我是如此地渴望听到他用低沉的声音、挖苦的语气对我说话，他说话时非常有特点，每句末尾都是降调，是一种介于厌倦和情绪高涨之间的沙哑而迷人的语气。我想尽办法要结束我俩的争吵，但这对话却挥之不去。

我是在尼欧村的那个小房间里突然开始领悟的吗？我怎么就形成了这个怪习惯，认为每一句俏皮话、每一句格言警句都是乔治所说的呢？我是怎样迈出自己的生活，继而踏入舞台侧面，把中心舞台拱手让给他的？或者，是不是有些东西我早就知道，只是不愿承认而已？

但我知道，皮靴从我手中滑落到地板上时，我意识到有些东西从我身体里溜走了。我正在失去什么。

“一场刺激的冒险。”我喃喃自语道。

我又坐了一会儿，然后大步走向五斗橱，给自己倒了杯两指高的酒。酒呈红色，味道醇厚，我一口喝下去。这酒对于我来说稍有点甜，但喝下去后还是感受到一种快感。我的胸膛立刻温热起来。这一次我倒了刚才两倍的量，然后又是一口吞下。烈酒冲淡了一切不快。此时我已经开始舍不得离开这间温暖的屋子。我从烟盒中取出一根烟，把烟敲紧实些，然后一边吸烟一边在屋里走来走去。那一刻，我是在享受我光脚踩着的冰凉的木头纹理。我在思考这一天所发生的事情。

我把烟头扔到壁火中，蹲下去看袜子是否干透了。做完这个动作，我顿时觉得天旋地转。

“食物，”我喃喃自语，“我需要食物。”

袜子干了，却像木板一样硬，我搓了搓，又顺着羊毛的纹路扯了扯，然后才穿上。这双靴子很紧，看起来与花呢长裤相当般配，和其他裤子搭起来也不差。

我准备好了。我从五斗橱上收起零碎东西，拿起盖里夫人曾说好要留给我的手绘地图。然后，我又最后环顾一下整个房间，拿起信，走出房间，来到寒冷的走廊。

虽然楼下的油灯全都亮着，但并没有人。我把信放在高高的却也能一览无余的服务台上。我靠着柜台，朝里面幽暗的房间喊了一声。

“盖里先生？我走啦！”

没有人回答。我把手缩回去时看到我在抛光的木质柜台上留下了手印。问题在于，我没有想到要问过会儿得怎么回来。我需要拿一把弹簧锁钥匙吗？或者是按门铃？或者门不会上锁？

“盖里先生，我要走啦！”我又喊了一次。

依然没有回应。我犹豫了一下，然后溜到桌子后面，把钥匙挂回到钩子上，这样他就能知道我走了。

楼梯拐弯处的壁龛里摆着一座很高、很古老的红木落地钟。我抬头看看斑驳的象牙色表盘，看了看纤细的罗马数字和精致的黑色表针。表箱内部的机械装置发出“嗡嗡”的转动声，随后音调很高的钟琴开始报时。

我知道我没有着急，但是即便如此，我也很惊讶当时竟然已经 10 点了。在疗养院时，医生给我注射镇静剂，所以每天都是一眨眼就过去了。有些时候，他们早晚强行给我喂药，让我的感觉变得迟钝起来，仿佛整个世界都停滞了。即便如此，从刚踏入这处住所，真的已经过去六个小时了吗？难怪我饿了。

我的外套在前门旁边的墙上挂着。我收收肩膀，套上衣服，戴上帽子，然后拉开沉重的大门，走进夜色之中。

移牧节

教堂广场很是冷清。户外结了很厚的一层霜，我脚下的地面闪着白光。这样安静美丽，就像一张闪闪发光的圣诞贺卡。火炬烧得很旺。

我手里拿着盖里夫人给我的地图，斜穿过广场朝教堂以及她标示出的奥斯塔尔街所在的老街区走去，那里的小路错综复杂。

我走过那排梧桐树。一条狭窄而又没有任何特征的小巷，把我引到教堂的一侧。冷风刺痛我的面颊，而且我没戴手套，手也冰冷，所以走得飞快。在穿过广场的短短几分钟时间里，雾气便降临在这一低山地区，一切都笼罩在不断变幻的透明的白色之中。它在建筑周围蜷缩，在街角迂回。

我加快脚步。走过死胡同，来到迷宫般蜿蜒的背街，这些小街都由鹅卵石铺成，近乎别无二致，也不知究竟通向何处。我知道我走的方向是对的，尽管盖里夫人把路线都圈了出来，却不甚清晰。而且，虽然广场上各个人家的灯都亮着，老街区却非常昏暗。这些住家大门紧锁，窗子隐蔽。

我点燃一根火柴，仔细看看地图，希望确定自己和教堂广场以及教堂的相对位置，然后再出发。我站在一个十字路口，但盖里夫人并没有在地图上标示出这里。通常情况下，我并不是路痴，但这里路牌很少，且雾气缭绕，找起路来实在不容易。

后来我听到深夜的小径中传来支离破碎的欢声笑语。我叠起地图放进口袋，决定相信自己的直觉。我加快步伐，七拐八弯，直到后来，大片窄小街道的前方突然出现了灯光。

我正前方是一个巨大的四方形建筑，很像塔拉斯孔古老的羊毛市场。夜色掩盖了建筑物的颜色，但它看上去和我一路走来在南方小镇见到的市政大楼没什么区别。比利牛斯山脉地区到处都采用灰白色的石灰石，这里也不例外。斜坡式屋顶既朴素又咄咄逼人。

建筑前方是柱廊，三个高高的拱门和浅浅的台阶与大楼同宽。角落和石缝里堆积着多年的尘土。中间一个宽敞高大的双开门敞开着，温馨的黄色灯光从四方形的大门流淌出来，汇入 12 月的夜色之中。

我爬上台阶，来到一个大堂入口，胃里的饥饿感暂不罢休。这里不比外面暖和。我面前是一个大门，大约有十来英尺高，黑木上刻着水果和纹章符号等图案，很是精细。

我脱下外套，看到尼欧村的村民们在每年一次的庆祝活动中竟然如此的随意，我很是惊讶。黑色铁钩上挂着的并不是参加晚宴的一般行头，如夹克、大衣、披肩等，而是一排排斗篷，有浅蓝色的，红色的，绿色的，棕色的。和它们在一起，我的外衣看起来现代而古怪，且小题大做。

我深呼吸了几次才镇定下来，然后用力拉直长袍，做出满怀信心状穿过一道又一道门。

一股热气扑面而来。那是人群聚集、烈火燃烧、宴饮欢愉的温暖。还有那声音，在经历过老街区的寂静之后，这里的声音似乎有些震耳欲聋，欢笑声、交谈声、杯盘碰撞声、侍者走来走去的声音，掺杂在一起。我站在门槛上，被眼前的景象深深迷住了。屋子的最远端燃着明火，空气里到处弥漫着烟雾，墙壁上的烛台里有近千支蜡烛，光影斑驳，不停变换，不断舞蹈。我扫视了整个大厅，希望能找到盖里夫人，但人山人海，要找到某一个人实在是很困难。

我适应了屋里的光线后，对这里有了大体的了解。大厅的长是宽的两倍，圆顶很高。石壁光秃秃的，没有任何画或照片，也没有任何装饰。屋子尽头处横放着一张很长的食堂样式的桌子，还有两张沿墙摆放着，每张桌子上都盖着厚重的白布。只有尽头处的桌子周围摆有椅子。

嘈杂的上空飘来一阵单声部的音乐，多声部的人群声为之伴奏。那是来自手摇弦琴独特开放的和弦与简单的节奏。过了一会儿，一个清晰的高音唱了起来：

Lo vièlh ivèrn ambe sa samba ranca
Ara es tornat dins los nòstres camins
Le nèu retrais una flassada blanca
E"l Cerç bronzís dins las brancas dels pins.

我没有听懂歌词，但领会到了其中的精神，他是在歌颂山峰、冬日、白雪和松树。那是用古语写成的古老歌谣。他唱歌时，我被音乐的魔力紧紧吸引。过去很长的时间里，我的头脑中一片空白，如今却浮现出一幅幅画面，情绪饱满。我的眼里噙着泪水。

几年前，我曾试图向乔治讲述我听到唱诗班唱歌时的感受。那是在一个大教堂梯形座位的高处，或是在拉旺乡下一个小教堂的前排座位上，我听到那没有伴奏的歌声在回响。但他并不理解，他从不会被音乐打动，尽管他会坐下来听我弹好几个小时的钢琴，但我知道他心不在焉。他是为了我而坐在那里，而不是为了自己欣赏音乐。

“先生，欢迎您的光临。”

这声音吓了我一跳，一下子把我拉回现实。我转过身来，看到一个满头棕红色头发的人，面容坦率、关切，正对我微笑着。

“您好，谢谢您。”我伸出手，“弗雷德里克·华生。盖里夫人说我可以来看看，我在她那儿寄宿一两天。”

“纪尧姆·马蒂。”

虽然他表情亲和，但并没有要与我握手的意思，于是我放下胳膊。

“聚会很棒。”我说道。

“对于所有能参加的人来说，的确如此。”他点头赞同，“请跟我来，我给您找一个座位。”

马蒂打扮成了一位神父或修道士，那是某种具有宗教意味的装扮，但绿色长袍似乎并没有妨碍他在人群中穿行。他脚穿拖鞋，腰束皮带，上面挂着一个画卷或是一卷羊皮卷。他的形象看上去很逼真，我又一次惊叹，小镇的居民花了多久时间才确保这个晚上顺利进行。

在我们穿过大厅的过程中，马蒂被拦住好几次。雷蒙德和布兰奇·莫里姐妹满脸笑容，身着宝蓝色长袍，领口和袖口处缝着红色针脚; 三河·伯纳德和他年迈的妻子; 寡妇娜·阿泽玛——马蒂就是这样向我介绍她的——头上的灰色面纱固定在下巴的下方；三河·奥捷是一个大块头的先生，他肤色白皙，四肢发达，可以看出吃吃喝喝便是他的营生。这样介绍了几次之后，我意识到，“娜”和“三河”是当地对女士和先生的称呼。我注意到一个女人看起来非常像我的女房东，可我刚要向她挥手她就转过身去，我这才意识到那并不是她。

“盖里夫人在这儿吗？”

“我没见到她。”

我刚来到这个小镇时突然产生的悲伤之情和此时欢愉的聚会形成鲜明反差。在奥斯塔尔，集体感和友爱之情触手可及。我们走在人群中，每个人都点头微笑，以示友好。

纪尧姆·马蒂停下脚步，示意我在仅余几个位子的长凳上坐下来。 我从人群中挤过去，大家都是笨手笨脚，撞来撞去。当我转过身来，想要谢谢他的照应，他已经被人群湮没，又一次消失了。我靠在椅背上，到处打量着，但无论如何也没看到他那袭绿色长袍。

“奇怪,他竟没有和我说再见。”我自言自语道,“真遗憾。”

我把注意力转移到眼前这些进餐的同伴。我的右邻是一位与我年龄相仿的男子，棕色头发糙如稻草，眉毛粗黑，指甲脏兮兮的。他躬身坐在桌旁，身着一袭黑色长袍，束着腰带，上面沾满油渍，洒上红酒，还有肉渣，简直是一张食物地图。他的眼睛里流露出好奇的神情，但很快掩饰下去。我对他笑了笑，他半问候式地点点头，但没有说话。

我转向左边。

如果我是一位语言大师，或许我便可以对坐在我旁边的女孩的第一印象进行一番最公允的描述。但事实并非如此，所以我只能用最朴素的语言去表达。她是伯恩 - 琼斯[①]和沃特豪斯[②]笔下的人物，高雅，完美，很久不曾被美触动的我见到她后却开始飘飘然。她乌黑的卷发松散地披在肩上，精致的脸庞美丽、自然，未被粉脂破坏。嘴巴宽而美，自然不做作，嘴角的笑容更使其魅力四射。

她转过身来盯着我，很明显，她一定是感觉到我一直在注视着她。她灰色的眼睛聪颖睿智，睫毛很长。我像一个呆子般直直地盯着她。

---

① 1833年—1898年，英国画家、图书插画家、彩色玻璃和马赛克设计师。（译者注）
② 1849年—1917年，英国新古典主义与拉斐尔前派画家，皇家美术学院会员。（译者注）

“弗雷德里克·华生。”我终于想起自己的仪态后说道，“弗雷迪，我的朋友都叫我弗雷迪。”

“我是法布丽萨。”

就这样，她只说了这一句话。不过，这已经足够了。对于我来说，她的声音既熟悉又可爱。

“多么迷人的名字啊。”我说。我的大脑似乎和身体分离，不受控制了：“对不起，我……”

她笑了：“和陌生人在一起总会不太习惯。”

“是的。”我赶紧说，“谁都不知道下一刻会发生什么。”

“并非如此。”

她陷入沉默，幸运的是，我也是。我喝了一小口酒，以稳住自己紧张的神经。玫瑰葡萄酒的味道有些苦涩，像苦雪莉酒一样刺激，我咳嗽起来。她假装没有注意到。

我很感谢其他人在我们身边活动。这使得我可以偷偷地朝法布丽萨的方向看，观察她而不至于太明显。我观察她一会儿，然后再转过身来。渐渐地，我看清了她的每一个细节：蓝色长礼服，肩部合身，腰部收起；袖口很宽，饰有图案；领口处绣着环环相扣的白色正方形，这和她白色绣花腰带上的红蓝图案很相配，我猜想那是紧身褡。她给人的整体印象是朴实又不失优雅，没有要极力渲染什么，没有过分的讲究，简单却惹眼。

慢慢地，我和法布丽萨找到了适合彼此交谈的方式。酸味浓醇的红酒使得我的心跳慢了下来。她仿佛是在发射某种电流，我能感受到她的点点滴滴：她白皙的肌肤、蓝色礼服以及墨玉般的秀发。相比之下，我觉得自己很是笨拙窘迫。于是我开始问一些无伤大雅的问题，我竟能克服万难，尽量地保持声音平稳而冷静。

服务员不断上着焙盘。盖子掀开，散发出热白菜和咸肉汤的香味，还有热气腾腾的韭菜和草药味。服务员把汤舀到摆放在各处的土褐色碗里。

各道菜之间的差别不大。服务员端来灰色平盘，上面堆满了油炸蚕豆、萝卜泥、整鸡、羊肉和腌猪肉。在房间的另一侧，一个服务员拿着一条木板，高高举过肩头，上面盛着六条鳟鱼，银色鳞片闪闪发光。

法布丽萨向我介绍每一道新上的菜肴，那些都是当地的特色菜，我以前从来没听说过那样的菜谱。她告诉我，有一种蜜饯水果叫作欧楂果，这种果子外表丑陋，必须在未熟时采摘，贮藏起来后慢慢成熟。它的质感有如黏稠的蜂蜜。她介绍的另一种常见的冬季甜品是刺菜蓟花蕾：用沸水烫一下，然后用布包起来，埋在地里，待食用时再挖出来，拌上蜂蜜，搅成均匀的糊状。

除了食物，我已经记不清那天夜里我们一开始都谈论了什么。我们说着话，经过葡萄酒气的过滤，一切都是那样朦朦胧胧。聊天内容无关紧要，但对于我来说十分愉快。我甚至不记得是否她跟我说法语，我对她讲英语，还是两种语言掺杂。但我可以这样说，即使五年后，我仍然可以品尝到舌尖上腌猪肉的味道、老蚕豆粗糙的纹理浸在油里的润滑，还可以感觉到如同碎蛋糕般的砂质面包从指缝间滑过的感觉。

而且，虽然我从来没有看见那位行吟诗人，但我脑海里总是回响起那首歌。他的声音穿过大厅，飘上屋顶，渗入每一个角落，还有挂满灰尘的蜘蛛网。我记得自己当时惊叹他竟能唱那么久，声音平稳完整，而且我相信当时我就是这样评论的。

我想，我可能甚至想要告诉法布丽萨我在战前的音乐追求，而父亲觉得这并不适合他的儿子。但我还是放弃了这样的信任之举。我既不希望拿自己的事烦扰她，也不想让她知道，我对生活失去希望。相反，我请她给我讲民谣中所讲述的故事。当她说完后，作为回报，我向她解释伴奏音乐中的一个个音符是如何相互影响并最终形成和声的。

时间就这样流逝，但没有前进。她的双手纤细白净，她卷曲的黑发、灰色的眼睛和清晰甜美的声音给人以希望。我好像被施了魔法，觉得她的外表仿佛浓缩着整个世界。

“你是个诚实的人吗？”她说。

“对不起，你说什么？”

我吃了一惊，她问出这样的问题以及那严肃的语气使我措手不及。这和我们之前谈话时的轻松愉快大相径庭，我不知如何作答。

但我还是回答了。我当然会回答。

“可以这么说。”我说，“是的。”

然后法布丽萨极富个性地把头转向一侧，看着我。

“也是一个能分辨是非的人？”

我停下来思考了片刻。我的脑海里回想着那十年的声音，那十年的记忆比窗外的世界更真实，更生动。那是同乔治一起生活的十年。所有这些都表明我已经远离现实，无法分辨是非。但是，在那一刻，在奥斯塔尔的温情和法布丽萨的陪伴下，答案显而易见。

“是的。如果事关紧要，我可以明辨是非。”

她笑了，笑得很灿烂，很乐观。而我这个耽迷者，感觉头脑中爆发出上千种情绪。我迷失了，内心和灵魂都迷失了，令人困惑不解。她还在盯着我看，似乎问题还没有问出口，她就在寻找答案了。

“是的。”她终于开口说道，“我能看出来。”

我悄悄地吁了口气。我感觉好像我通过了某种考验，就像是现代高文[①]的条件得到了满足，即将离开圆桌出发。我知道她一直凝视着我，打量着我。我看得出，她正在思考琢磨，因为我能看到她的眼睛在转动。但外表上，她很平静，非常平静。我也努力保持镇定，尽管内心紧张不安，仿佛赛艇底部灌入海水，即将沉没。

那一刻，时间在我们两人之间静止了。房间里所有的形状、声音、气味以及所有的客人都消失了。然后法布丽萨在凳子上挪了挪位置，打破了这种恍惚状态。

“给我讲讲他的故事。”她说。

突然之间，我脚下的地面塌陷了，如同刽子手绞索下方的暗门突然打开。我突然急剧下降，然后绳子再把我猛地拉上来。

她是怎么知道的？我什么都没说，什么也没暗示。我不想谈论乔治，即便是和法布丽萨。不，应该是说，尤其是和

① 亚瑟王传说中的圆桌骑士之一。（译者注）

法布丽萨。我认为以前的自己如同一个废人般可怜，我不想让她看到我那样的状态，相反，我只想把和她在一起的这几个小时里的我呈现给她。

“你什么意思？”我说道，语气却比预期尖刻得多。

她笑了：“给我讲讲乔治的事。”

我还是装作不明白。

“弗雷迪？”她轻声地说。她的手滑过粗糙的白布，离我更近了一些。她的指甲颜色好似珍珠。

我用力地吸了一口气：“我不能说。”

“为什么不能？”

“我……”

我要如何解释？我假装结巴，借此时间编造借口。

“所有的事情我都讲过了。”

“也许你讲过的只是错误的那一部分。”

我俩的手离得很近，似乎都要触碰到彼此了。我注意到她右手拇指上的金戒指太大了。它挂在指节上，似乎连戒指都惊讶自己竟能戴在那里。

“谈话毫无用处。”

我俩肌肤之间的电流吱吱作响。我不敢动，不敢让我的指尖一不小心触碰到她的肌肤。

“谈话毫无用处。”我又说了一遍，一个个字眼从我的口中说出来，冷冰冰的。我看了看她。她仍然面带微笑，那不是怜悯，而是同情和好奇。我感觉我内心的某种东西破裂了。

“是不是因为别人要求你，你才进行谈话的？可能是这个原因？但现在不同，此时非彼时。尝试一下。”

“我曾尝试过。”我反驳道，再次感觉到自己受到了不公允的评判，这种感觉来得如此之快，我感到十分讶异。母亲曾指责我不想好起来，父亲也是。如果法布丽萨也这样想，我简直无法忍受：“没有人相信我，但我的确努力过。”

不知道她是有意还是无意，她把手从桌子上抽回去放到腿上时碰到了我的手。这种感觉如此强烈深切，我感觉自己燃烧了起来。

“我——”

“再试一次，弗雷迪。”她说。

在这安静的七个字中，七个简简单单的字里，仿佛暗含着某种承诺，似乎如果我抓住这个机会，就能够赢得整个人生。

我至今仍然记得自己预见到某种可能性时突然产生的那种轻松愉悦。我身体里每一根肌腱、每一块肌肉、每一条静脉都似乎突然活了过来，开始振动。如果我能找到说话的勇气，她会听，法布丽萨一定会听。

我深吸了一口气，再慢慢平稳地呼出去。然后，我开始向她讲述。

关于记忆和失去的故事

“我记得那一天发生的一切。”我说，“每一个微小的细节，每一样事物的气味和质感，敲门前后的每一秒钟。”

“当时我正在儿童房里烤面包。我盘腿坐在地板上，一块厚片黄油在绿色旧瓷盘里随时备用。那时是9月，但秋天马上要来了。欧洲山毛榉的紫色叶子已经开始变色，每日清晨的窗子内侧也有霜凝结。自去年冬天结束以来，我们第一次点燃壁炉，烟囱中飘来灰尘烧焦的刺鼻霉味。

“我床头上方的墙上挂着《曼彻斯特卫报》出版的手绘欧洲地图。上面画满了红色十字，那是我在皇家苏塞克斯团途经之处做下的标记——至少是我认为哥哥所入分队的所在之处，是乔治可能去的地方……”我停了下来，那些记忆深深地攫住我的内心。

法布丽萨等着我，她似乎也不需要催促我或要求我把记忆的碎片连接起来清晰地叙述。当我意识到内心驱使着我要继续时，她的耐心感染了我，事件的顺序在我的脑海里清晰起来，我需要用到的词语也想起来了。尽管十分不易，但至少不像之前那么吞吞吐吐了。

“我没有听到敲门声。不过，我记得我听到了女仆在大厅石板上的脚步声。弗洛伦斯经常慢吞吞地走路，不会加快脚步。我知道门被打开了，两个人咕哝着什么，声音微弱，我听不清说话的具体内容。

“即使是这样，我想我依然知道他们在说什么。这种安静似乎在宣告这个来访者并不受欢迎。我停下手里的活儿，去听那沉默。然后大厅里传来门口我母亲清晰刺耳的声音：‘是的，是的，我是华生太太。’片刻之后，她只说了一个字，这个字说得那样轻柔，那样难过：‘不。’

“叉子从我手中掉了下去。我现在还记得叉子慢慢坠落，金属碰撞在炉底石板上，发出‘叮叮当当’的响声。它像踢踏舞者在结束一段舞蹈之前那样，先是脚尖着地，然后是脚后跟，再是脚尖。面包的一面烤得刚刚好，另一面还是生的。我跑了出去，门弹到墙壁上。我穿着袜子从儿童房的楼梯飞奔而下。就是在那个老旧、危险的拐弯处，我脚一滑，跌了下去，撞破胫部。鲜血从袜子里渗出来，我记得当时还担心自己会因为如此笨手笨脚而被责骂，这样的想法实在是太愚蠢了。

“我沿着走廊里开始铺地毯的地方，直接摔到一楼的平台上。从楼下的大厅里传来一声叫喊，那声音如同屠夫的屠刀一般撕心裂肺。准确地说，那不是尖叫，而是咆哮，是哀号，她一遍又一遍地重复着同一个字：‘不，不！！！’它连成串，缩成一个音符。”

我又停了下来，因为这段回忆太过锋利。我看了一下法布丽萨，寻求她的安慰，并想确定她真是想听这些。

她点点头：“请继续。”

我和她对视了一会儿，然后把目光移回到桌上刚才一直看着的那个地方。

“我刚才说过那天是9月15号吗？乔治入伍近两年了。当然了，期间我见过他一两次。他曾两次因受伤被遣送回家。一次是炮击，耳朵受伤，不太严重。第二次是子弹射中大腿，也没有生命危险。”

我耸耸肩，用这样一个漫不经心的姿态掩盖我对医生和父亲的愤怒，他们竟让他重返前线，虽然我知道乔治自己也希望如此。英雄主义和傲慢之间界线模糊，而乔治总是跨界。我们是华生家族的后代，没有什么能够伤害我们。他相信自己无敌的神话，而我呢？我一直觉得世界很危险，我随时做好准备要跨过它设下的陷阱。

“他们两次帮他收拾好行囊，把他送回战场。有一段时间，他没有来信，从5月份开始。他有几天的假期，原定一两天内就会到家。所以我尽量不去担心。另外，那个夏天我患了严重的感冒，所以我没能根据报纸的报道密切关注乔治所在军队的行程。”

我翻开掌心，盯着手纹。这双手曾在孩童时代把图钉按在墙上的地图上，但现在这双手也变了。

“最糟糕的是，根本没有人和我说话。那时没有，后来也没有。没有人告诉我任何事情。我到了大厅，跑到母亲面前，她扇了我一个耳光，似乎她完全不想看见我。她下手并不重，但我一个趔趄撞到了桌子上，把装在水晶花瓶里的新鲜粉红色玫瑰撞到地上。地毯上满是水、玻璃和被蹂躏的花瓣。最后还是弗洛伦斯把我带到厨房，给我的小腿涂了些碘酒。她哭了，她的帽子也歪了。弗洛伦斯、梅兹，还有我们的厨师泰勒太太，她们都在哭。她们也非常爱他。

“母亲把自己关在客厅里，直到父亲回家才出来。我能听到他们在关着门的房间里说话。我把耳朵紧贴在抛光木门上，心里祈祷着他们能注意到门外的我，然后让我进去，安慰我。但他们并没有这样做。而且，尽管我知道有人发来一封电报，也知道一切都毁了，但并没有人告诉我电报的内容，没有人告诉我乔治究竟怎么了。他们只是把我忘了。

“那一年我 15 岁，却像儿时一样，来到楼梯的半中央，头靠在栏杆上，眼睛看着前门，胳膊环着拐角柱，这个姿势很舒服。我在那里坐了几个小时，看着夕阳透过彩色玻璃，在石板地面上掷下红蓝色光束。”

“想要乔治回来？”

我耸耸肩：“我不知道。”

她轻柔地拉住我的手，放在她的手心里。她皮肤冰冷，她的触摸是那样轻飘飘，仿佛她根本没有触碰到我一样。但我充分体会到她的姿态暗含对我的理解。我感谢她如此体贴。

“过了一段时间，我才得知电报上说乔治在一次行动中失踪了。我永远无法理解为什么过了这么久我们才接到这个消息。那是几个星期以前发生的，很多个星期以前。6 月 30 号，他在野猪头战役中失踪，那是里谢布尔 · 拉维郊外一个叫杜波依斯农场的地方。就是索姆河战役开始的前一天。电报上说是行动中失踪，并没有说是死亡。所以我很困惑。我想，我希望，这其中有一些可疑之处。也许德国人将他俘虏了，也许他因失忆住院了。令我气愤的是，我的父母竟那么轻易地就相信了最糟糕的答案，他们从未坚信过他可能还活着。

“后来，他们用考克斯邮递把他的东西寄了回来。那些东西潮乎乎的，破旧不堪，上面沾着的泥巴已经板结，充斥着停尸房、铁丝网还有天然气的味道。他的帽子不见了，曾引以为豪的嘉德勋章和鲁西荣羽毛也没了。但马甲还在，满是血迹，还有背带。”

我咽了口唾沫：“我无意中听到弗洛伦斯在后门和五金店家的伙计说话，才知道乔治的身子已经面目全非，根本无从辨认。几乎整个第十三营——南下军团，全军覆灭。他们确定他已经死了，是和战友一起被残杀的。只是，他们分不清哪一具尸体是他。”

“所以你病倒了？”

我摇摇头：“不，生病是在那之后。精神衰退，崩溃，小病，神经衰弱，神经紧张，怎么叫都行。我并没有立刻发作，而是我到了乔治去世的那个年龄时。准确地说，是我21岁生日那一天。”

“你没有表达过自己的悲伤心情吗？”

我耸耸肩：“谁会听呢？离我们家方圆一英里以内，二三十个家庭都与我们的处境相同。野猪头战役被称为‘苏塞克斯亡日’。当地数百名和乔治年龄相仿的男孩都去打仗了，然后再也没有回来。我家乡纪念馆的墙上挂着一块牌匾，上面列着那天阵亡的三十余人的名字，各等军衔的都有。附近的所有村庄都是如此。而且总是会有另一场战争随之而来，更惨重，更血腥，人们却更加习以为常。我想我可能没有权利抱怨。我已经长大了，应该能处理好这类事情了。当然，我的父母是这么认为的。”

“所以，他们并不了解你内心的苦楚？”

“我觉得他们知不知道的差别不大。你要知道，他们爱的是乔治。并不是说他们故意对我这么无情，只是悼念乔治耗尽了他们的全部生命。他们没有想过我也会想念他。而且，就我而言，以我糊涂且老掉牙的想法来看，他们比我更有权利悲伤，所以我什么也没有说。”

“你的父母去世了？”

我点点头：“我母亲是去年冬天去世的。父亲是今年年初。”

“那你想念他们吗？”

我刚要说些老生常谈的观点，但我制止了自己。说谎的目的是什么呢？出于礼貌？传统？还是害怕把自己刻画成一个可怜虫的形象？事实上，我感到解脱，而不是失去。现在他们都不在了，我已经不需要伪装了。他们没有好好地爱我。

但是，那是他们的错，问题不在我。

“有时候会。有时会发生一些事情，我会想到他们。我们还是有一些美好的回忆。但是，在大多数情况下，他们不在，我活得更轻松些。”

我又看了看法布丽萨。她没有表现出不赞同或震惊。在摇曳不定的烛光下，她的皮肤几乎是透明的，似乎她把力气都用来听我说话了，所以就没有了肤色。

“我想，要是我能相信他已经死亡这一事实，我就能够接受了。悲伤是一定会有的，但是要向前看。如果我能接受他已经死去的事实就好了。但实际上，我无法说服自己，即使过去这么多年我也不能相信。他以前总是吹着口哨走进家门，或是在我弹贝多芬奏鸣曲时坐在音乐室的皮革扶手椅上，对着天花板吐烟圈。想到再也不会有这样的情景，真的是太荒谬了。

“我想，盘桓在我脑海的就是不知情。我不知道他究竟发生了什么，不知道他死亡的经过和时间。我疯狂地想尽办法将乔治生命中最后的时间拼凑起来。我读了我生病时错过的每一篇报纸报道，研究了我能收集到的关于里谢布尔·拉维战役的一切知识——地形，天气报告，敌我势力。我找到了南下军团在那场战役中幸存的几位士兵，写信问他们是否曾见过乔治，是否能帮助我。”我又耸耸肩，“我让所有人都痛苦不已。”

“死去的人会留下灵魂，那是在他们生活过的空间里的回声。他们常常出没于我们之间，不会像我们一样长大衰老。我们为自己的失去而悲痛，但我们失去的不只是他们的未来，还有我们自己的未来。”

她现在声音很轻柔，屋子里很吵，我勉强能听到她说话。

“但这并不是你生病的真正原因。”她继续说，“原因不是他去世，而是随后发生的事情。”

我又喝了一大口酒，感觉整个房间都开始摇摇欲坠。我喝多了，但我知道如果我想把故事讲完，我需要把记忆钝化。

“无论我做什么，都无法改变事实，”我冷静地说道，“我试图对乔治去世这一事实进行弥补，同时充当两个儿子。但他们是想要乔治回来，而不是由我去模仿他。他们想要的是那个会打橄榄球和板球、去参军打仗的儿子，而不是一个病怏怏的整天待在室内的儿子。我喜欢音乐，喜欢读书，对骑马、打猎或者在冬天结冰的拉旺河上滑冰丝毫不感兴趣。”

我用食指一圈圈缠着长袍上的线头，缠得很紧，血液都无法流动了。指尖柔软的肌肤变成白色，然后又变成紫色。那种感觉很舒服。

“具讽刺意味的是，鉴于父母反感我读书，最终竟是一本书把我毁掉的。那是乔治送给我的最后一个礼物，1915 年 12 月从前线寄来的，用牛皮纸和细绳包装着。”我顿了一下，“那本书是内疚感的源头之首。六年来，我一直在它的阴影里爬不出来。最终，与之抗争的意志消磨殆尽，似乎屈服更容易些。”

“你为什么会感到内疚？”

我耸耸肩：“我不知道，为一切事物感到内疚。这有些不可理喻，但我的确这样想。我为自己不是一个合格的儿子而内疚；为自己太年轻，无法与懦弱的心理做斗争而内疚；为乔治死了而我还活着而内疚。”我咽了口唾沫：“最重要的是，为习惯没有他的生活而内疚。这似乎是背叛。”

“背叛谁？”

“乔治。”我微醺，挥了挥手，感觉到葡萄酒在我的血管中发出丝丝声响，“背叛我们。这样想并不理智，但我的确这么想。”

“其他人死了，而我们还要活下去，这需要足够的勇气。”她轻轻地说。

“是的。”我叹了口气，她能够理解我，我如释重负，“事情是这样，现在看来可能很愚蠢，但收到电报之后的日子里，我试图讲条件。我对自己说，对让我失去信任的上帝说，如果乔治没死，我就再也不读这本书了，或者不弹这首曲子了，诸如此类。都是一些愚蠢的条件，我现在都记不起来了。”我更加用力地拉扯线绳，猛地把它扯断。没有了压力，我感觉到血液涌回到手指上：“行动中失踪。根据失踪断定为死亡。没有遗体可以埋葬，没有葬礼，也没有可以纪念他的墓碑。”

法布丽萨点点头。

“好像一切都没有结束。”

我摇摇头：“直到 1921 年 11 月 11 日停战周年纪念日，人们将奇切斯特大教堂内的圣乔治小礼拜堂专门改作皇家苏塞克斯团烈士纪念堂时，我才意识到这一点。他彻头彻尾地缺席，击中要害。还是那个让人挥之不去却无从得知答案的问题——他究竟是在哪里死去的？怎么死去的？他的名字列在其中，给所有人瞻仰，但那有什么意义呢？东门广场有一处纪念碑，是一个浅色的石十字架，我们村的绿地上也竖着一块新纪念碑，上面刻着烈士名单，但乔治也没有出现在那里。”

“但他理解。所以为了能和他在一起，你就转身去了其他地方。”

我瞬间由衷感谢她，那些最应该理解我的人都没能了解我的感受，这个美丽的陌生女孩竟做到了。

“我坚持了六年。但最后，我精神崩溃了，或者说是垮掉了，怎么说都行。1922 年 12 月，我被送进一家私人医院，那家疗养院专门治疗神经疾病、神经衰弱及其他战后综合征。医务人员都很友善能干。”我瞟了法布丽萨一眼，“但是，如果康复意味着连我对哥哥的最后一丁点记忆都要失去的话，我根本就不想康复。”

就这样，我说了出来，松了一口气。坦白将我的体力耗尽，我的肩膀垮了下来。一直以来那些烂在我心里的各种情绪、悔恨和所有的疑问都零散地摆了出来，就像被丢弃的礼物一样。然后，我微微一笑，轻松了许多。尽管这让我筋疲力尽，却是 1916 年以来，我被打垮了的内心第一次平静如水。

我们陷入沉默。而在这沉默之中，似乎所有说出的和没说出的话都在歌唱。沉默充斥了整个世界。

“但现在，你应该放手了。现在是时候走出阴影了。你知道的。”

我瞪大眼睛。那回声和她的语调冥冥之中唤醒了我即将沉睡的异乎寻常的记忆。在奥斯塔尔对我讲话的法布丽萨清晰的声音，和通往维克代索路上的低语之间有着某种相似之处。

“弗雷迪。”这几个字像是从她口中轻唱出来的，而不是说出来的，“你明白的。否则你就不会来到这里。”

那个声音。她的声音。这怎么可能？山上的空气要了各种把戏，使声音失真，还变换方位，但我仍能确定那就是她的声音。

“是你。”我说，我不相信，但我知道我的判断是对的，“我听到的声音是你在说话。”

受到攻击

她把脸转了过去。

“法布丽萨？”我迫切地问她，“那会儿，山上下雪之前，是你在说话吗？是吗？你看见我了吗？法布丽萨，求求你，告诉我吧！”

她还是没有回答我。如果不是我突然意识到奥斯塔尔的气氛变了，我一定会继续追问她的。但这里的空气中充满不祥的预感和紧张。

我把目光从法布丽萨处移开。我们谈话过程中，其他一切光影、声音、味道都离我远去。现在，世界又重新成为我关注的焦点，就像礼堂里举办的演唱会结束时灯光亮起那一刻。白色的桌布再无洁净可言，上面摆满空盘子，到处是葡萄酒的渍迹、面包屑、鸡骨头还有羊油。

屋子里不那么吵了。好像一阵狂风掀起的海浪从海岸退回之时的低吼，咕咕声不绝于耳，但声音微弱。似乎每个人都在悄声说话，眼睛眯着，眼神警觉，没有人在笑。这是我在桌旁坐下后第一次感到不自在。

我转过身去看法布丽萨，但她已经不和他人交谈了。我叫她名字时她吓了一跳，仿佛已经忘记我在她身边。

“法布丽萨。”我又轻轻地叫了她一次，“怎么了？发生了什么？”

她看着我，然后，那充满深深遗憾和深切渴望的表情让我倒吸一口气。我到了忘我的程度，出于本能地把手伸向她，搂住她瘦弱的肩膀。在那厚棉袍下，她是那样瘦弱、单薄，几乎就是皮包骨头。但是，我搂着她时，我觉得我的心在唱歌，膨胀，自由翱翔。然后，她动了一下，好像我的触摸弄疼她了，我把手收了回来，尽管她并没有要求我这样做。

然后，我觉得有些不对劲儿。她的裙子上有一块质地粗糙，和其他地方不太一样。我轻轻地，轻轻地把她的头发撩了起来，看见她蓝色裙子背部缝着一块巴掌大小的黄色简单布质十字架。

“这是什么？”我问她。

法布丽萨摇摇头，仿佛缘由复杂，无从解释。现在，我发现我之前并没有注意到还有几个客人的束腰外衣上或长袍背后也缝着一样的黄色十字架。

“法布丽萨，这代表什么？”

她没有回答，但我看得出她很不安。现在气氛凝重。我能感觉到，每个人都在等待着什么事情发生。我的脊背打了个寒战。我拿起杯子，忘了杯里的酒早已喝干。

“该死。”

这可能是一件好事。一切事物的边缘都有些模糊。我已经有些喝醉了。

然后，我清清楚楚地听见街上传来马蹄声和马具声。我皱了皱眉头。这么晚而且这么冷，谁会出来呢？

“这里的一切绝不会伤害你。”她说，“绝不会。”

沉默很长时间后，她现在的声音响亮得惊人，我警惕地转过身。

“伤害我？你是什么意思？”

但她的眼神又一次变得迷茫。我百思不得其解，不知道对眼前发生的每一件事做何理解。

我转向右边。那个人仍然躬身伏在剩余的食物上，但他已经不吃了。餐桌上下乃至整个房间，都是一个状态：焦虑的面庞，恐惧的表情。那会儿纪尧姆·马蒂介绍我认识的那些人呢？年迈的莫里姐妹、伯纳德先生和夫人手牵着手，寡妇阿泽玛衰老的乳白色眼睛朝正中方向看着远处。我又开始寻找盖里夫人，看见她我就会安心，但仍然不见人影。

大厅好像变冷了，我像刚进入尼欧村时一样感受到那种荒凉，而现在悲伤中还夹杂着恐惧。

房间的尽头，一场激烈的争吵爆发了。人们的嗓音不断提高，成了叫喊声，而后又传来板凳被打翻的动静。起初，我以为这是酒后斗殴，因为夜很深，整个晚上大家都在随意畅饮。

法布丽萨朝入口望过去。在沉重的木门被踹开那一刻，我也看了过去。两名男子大步走进了大厅。

“该死……”

他们脸上戴着方形铁盔，摇曳的烛光照在拔出鞘的剑上，反射出金色光芒，闪闪烁烁，如同铁匠的铁砧溅出的火花。

一时间，谁也没有说话。而且，有一瞬间，我怀疑这是否是晚间娱乐活动的一部分——根据历史重演最初的、过去已久的移牧节。有些荒谬，且人们的态度过于认真了，比如人们的服饰、传统实物，还有那个行吟诗人和他的手摇弦琴。

随后，一个女人尖叫起来，我才知道事实并非如此。整个屋子被恐慌笼罩了。我粗鲁的用餐同伴仓促地站了起来，用胳膊肘推搡着我。我倒在法布丽萨身上，感觉到她浓密的头发轻轻触碰着我的肌肤，飘来熏衣草和苹果的淡淡清香。

“弗雷迪。”她低声说。

一小撮人正试图把这些不速之客从大厅中驱逐出去。有的从腰间拔出打猎用的匕首，大肆挥舞着。有的随便抓起手旁的东西充当武器，有木板、炉火中的铁器，甚至还有拿叉烤肉用的叉子。

空中刀光剑影，但刀剑并没有打到一起。虽然士兵武器锋利，但他们实在寡不敌众。人们叫喊着，互相推搡着向前走，胳膊腿乱成一团麻。大家喊着要把门封上。现在的状况很恶劣，而且可能不断升级恶化。我不希望法布丽萨也被牵扯进去。

尽管劳累了一整天，而且现在已经过了午夜，我却一下子精神了起来，我很坚决。肾上腺素在我身体内快速流动。这一次，我不会临阵脱逃。

我把手伸向法布丽萨：“我们必须离开这儿。”

“你确定吗？”

她的语气很严肃，好像我如此简单明了的建议之外有什么隐含意义。我拉住她的手。我的血液急剧升温，血管里的嗡嗡声直传脊背底部。我好像长高了，我觉得自己无所不能。

“来吧。让我带你离开这里。”

我做到保持微笑了吗？仔细回想起来，我敢肯定我没有，因为，我的机会终于来了。我在一生中一直是居第二位的。我从未胜任任何工作，做不到坚不可摧。

我不是乔治。

但这一次不同。法布丽萨信任我，选择了我。我从未想到会收到这样一份礼物。即便是现在，事情过去五年多了，而且鉴于随后发生的一切，我仍然能感受到那一刻的狂喜。

“还有其他出路吗？”

她指了指大厅远处的角落。

士兵们被打跑了，但那些身上有黄色十字架标记和没有这些标记的人分成两伙，在屋子的各个角落撕扯着。我觉得我是在旁观整个事件，和他们毫无关联，但也处于一切的中心。我紧紧地拉着法布丽萨的手，冲进人群，逆流而上。我们两个人笨拙地携手共进，跑了过去。

“从那里走吗？”我说，为了她能听清，我提高了嗓门。我看到墙上有一扇小门，部分隐藏在木椅堆成的“金字塔”和带有金属扣箍的重木箱后面。

她点点头：“那里通往遍布奥斯塔尔的地下通道。”

我把木箱推开，把椅子抛出去，我都不知道自己如此力大如神，箱子和椅子在我手中竟轻如纸片。

我害怕吗？在那种情况下，我应该害怕，但回想起来，我确信我当时丝毫没有畏惧。相反，我只记得当时一心要把法布丽萨带到安全之处。我打开门闩，用手掌用力推开一条缝，好钻过去。我们俯身钻过低矮的门楣，朝黑暗中走去。

台阶很窄，中间磨损严重，我更加用力地抓住她，以防她滑倒。在我们头上的大厅里，女人们高声尖叫，男人们高喊指令，孩子们大声哭闹，还有木头碎裂和金属摩擦碰撞的铮铮声。然后门在我们身后“砰”的一声关上了，我们陷入一片沉寂。

我向前猛冲，但迫不得已放缓速度。我凭大脑无法确定隧道的大小。空气干燥，至少是不那么潮湿，里面的味道让我想起教堂和墓穴，还有那些被遗忘在尘封多年的记忆中的隐蔽处。一张蜘蛛网糊在我整张脸上，嘴巴里和眼睛上都是。利用最后的知觉，我把嘴里的蛛网吐了出去，用手把脸上的抹去。

“需要我走在前面吗？”她的声音在黑暗中很柔和，“我以前走过这条路。”

我轻轻地捏了捏她的手，让她知道我可以应付过来，她也同样捏了捏我的手。我笑了一下。

“隧道出口在哪里？”

“村子西侧的山坡上。不远。”

黄色十字架

我们在黑暗中磕磕绊绊地走着。一开始下坡，紧接而来的是一段平路，随后便是向上的缓坡。我气喘吁吁，脸颊和太阳穴上满是汗水，伤口被汗水蛰得刺痛。

我专心走路，让每一步都不踏空。我什么都看不到。隧道顶有时似乎就掠在我的头顶，墙壁触手可及，但我完全不知道我们所处的位置。法布丽萨的状态似乎没有任何变化。在这样一个幽闭的环境里，她好像既不累，也没有气喘吁吁。

我们就这样在地下世界里继续走着，直到后来，气氛才有所变化。路越来越陡，我感觉到一丝新鲜空气扑面而来。

地面突然变得陡峭，并呈上升趋势。我们眼前的景色悄然从黑转为灰。好像是一道门挡住了隧道的尽头，月光从缝隙中照进来。

我松了口气。

“上面有一个铜环。”法布丽萨说，“门是向里开的。”

我像盲人一样用手在木门表面摸来摸去，终于找到了铜环。门把手冰冷，又不灵活。我用双手握住用力地拉，却没有拉动。我打开双脚，又试了一次。这一次，我感觉到门轴扭动，但门仍然没有移动。

“是不是外面上了门闩？”

“我想不是的。很可能是因为这条特殊的逃生通道很久没有人用了。”

我没有时间仔细思考她的话。我只是继续用力拉，然后再猛地拽几次，直到后来听到沉闷的开裂声，铰链四周的木头裂成碎片才停下来。

“就快打开了。”我一边说，一边把手指伸入门和门框间的缝隙中。

法布丽萨把手放在我的手下面，我们一起百般拖拽扭动，然后，我们突然就置身于夜晚寒冷的空气之中。我们身后的门挂在铰链上，摇摇欲坠，这让我想起一个古老铜矿的入口。那是一个闷热的 8 月，我和乔治在康沃尔度暑假时发现的。他当然想进去瞧瞧，而我却十分恐惧，不敢进去。

物非，人非。

我转身去看法布丽萨，她在皎洁的月光中静静地站着。

“我们成功了。”我试图喘口气。

“是的。”她轻轻地说，“是的，我们成功了。”

我们站在村子西边半山坡的一片空地上。我意识到，这是山谷的另一侧，是我前一天下午来尼欧村时的方向。陶醉在这深夜的空气中，想到我们成功脱逃，还有法布丽萨的陪伴，我有些恍惚。

然后，内疚之情刺痛我的内心，痛之剧烈，让我不能不予理睬。

“我必须回去。我需要做点什么，去帮助他们。大家可能会伤得很重。”

她叹了口气：“已经结束了。”

“说不准。”

“一切都安静下来了。你听，你看。”她指着下面的村庄说道，“一切都平静了。”

我顺着她手指的方向找到了教堂的尖顶，还有尼欧村成片的建筑物和星罗棋布的小巷。奥斯塔尔在我们正下方，正沐浴在洁白的月光里。没有一点动静，没有人走动，没有灯光。除了高山永久的沉默，我什么都听不到。

“这是狂欢节活动的一部分吗？”我说，“那些士兵，还有打斗？”

虽然我很希望她能劝我，说完全没有必要去干涉这件事，但我还是觉得如果刚才发生的一切只是表演的话，未免太残暴了："那真的只是今晚……传统活动的一部分吗？"

"来吧。"她平静地说，"时间不多了。"

"我们去哪儿？"

"去一个我们可以坐下来多聊一会儿的地方。"

法布丽萨二话没说便朝山下走去，我别无选择，只能跟着。她走得很快，蓝色长礼服的裙角沙沙作响。她的头发左右摆动时，我看到了掩盖在下面的黄色十字架。我急忙追上她，完全没来得及思考自己下一步要做什么。

"等一下。"我说完，用力一拽，把那块破烂的布料从她背上扯了下来，"好了。这样才好看。"

她笑了："你为什么要这么做？"

"我也不知道。只是看起来不太好，似乎它不应该缝在那儿。"我犹豫了一下，"你介意吗？"

我感觉到她用灰色的眼睛扫了扫我的面庞，仿佛要记下我脸上的所有特征。她摇摇头。

"不，这样做很勇敢。"

"勇敢？"

"值得尊敬。"

当我还在琢磨她的措辞，法布丽萨已经再次出发了。我把那块十字架形状的布塞进口袋里，跟了上去。

“那些十字架代表什么？我看见其他几个客人身上也缝着十字架。”

她没有回答，也没有放慢脚步。她走路时，似乎空气都在移动，晶莹剔透的月亮给我一种错觉，仿佛她是水或空气制成的，而非血肉之躯。我没有再追问她。我不想破坏我们之间的微妙平衡，因为这似乎比我想要知道答案的任何问题都更为重要。

草上蒙了一层霜，小路在其中蜿蜒而下。我转过头，看到隧道出口在我们身后一点点消失。现在我们离村子已经很近了，但法布丽萨并没有继续向尼欧村走去，而是把我带到一处蓄水池旁，并示意我们在那里休息。我坐在一棵倒下的长满青苔的树干上，非常感谢它能让我歇歇脚，因为软底靴已经有些夹脚了。

天空从黑色慢慢变成墨蓝色。当我回头去看刚才走过的路，在那挂满晨露的草地上，我只能依稀辨认出我刚刚留下的银色脚印。

我想了一会儿，先是觉得12月份竟会有露水，很是奇怪，然后又想起，虽然我把衣帽都扔在了奥斯塔尔，现在却全然不觉得冷。不知为什么，我觉得轻飘飘的，好像是和法布丽萨共度一晚过后，我也具有了她精致轻盈的特点。

我低头看了看平静的水面。因为睡眠不足，我脸颊消瘦，水中倒映的疲惫双眼在迷茫的晨曦中盯着我看。法布丽萨的倒影却看不太清。我转过头去找，担心她可能已经溜走了，但她仍然在那里。

“我怕你已经……”

“还没有。”她回答道。她知道我的心思。

“我们不是非回去不可。”

“现在还有一点时间。”她笑了，“如果你想听的话，我想给你讲讲我的故事。”

我心里一跳：“无论你想告诉我什么，我都洗耳恭听。”

我一整夜都没有抽烟，我想可能是因为周围也没有人抽的关系。我甚至都没有想起过要抽烟。现在我把手伸进口袋找烟，掏出烟盒和火柴。

“你介意吗？”我拿出一根烟，在银色盖子上敲了敲，问她道。

法布丽萨把身子倾过来：“这些是什么？”

“高卢牌的。”我回答道，“通常情况下，我抽登喜路牌香烟，但这里买不到。”

我主动把烟盒递给她。她摇摇头，但似乎我的行为让她呆住了。她目不转睛地看着我把香烟叼在嘴上，划着火柴，又把火柴举到烟头上。当一缕青烟缭绕而起，融入黎明的空气中，她眼睛瞪得老大，伸出手，仿佛是要把烟像线一样绕在手指上。

“好美。”

“美？”我笑了，心里一阵喜悦，“我想，也可以这么说。”扣上烟盒，连同火柴一起塞回口袋里，“你很与众不同。说实话，我从来没有见过你这般的女子。”

“我和其他人没什么区别。”她说。

我笑了，心想她竟大错特错了，而且她并没有意识到自己内心的愉悦。

法布丽萨的故事

我们静静地坐了一会儿。我抽着烟。她的眼睛盯着漆黑的地平线，仿佛在数着星星。当时有星星吗？我不记得了。

然后，我听到她吸了口气，知道法布丽萨像我之前一样，一直在思考如何讲述自己的故事。我用脚把燃尽的烟头捻灭，转身来听。我想了解她的一切，愿意听她打算告诉我的任何事。即使是一些微小的细节，无关紧要的美好细节，都可以。

“我出生在一个春天的下午。”她开始说道，“经过一个严冬后，世界重新恢复生机。冰雪消融，小溪重新流动。上游河谷的小山花团锦簇，蓝的，粉的，黄的。我父亲常说，我出生那天，他听到第一声杜鹃啼叫。他说那是一个好兆头。”

“我们的邻居拿来一块烤好的面包，白面做的，不是糙米。其他人也送来了礼物，有过冬用的棕色毛毯，是真正的毛皮，还有一只陶杯，一个装满香料的木箱。最珍贵的，是用蓝色棉布包着的盐。

“当时是 5 月份，空气中孕育着夏天的气息。牧羊人已经带着羊群从西班牙的冬季牧场回来了，村里生机勃勃，妇女们在广场上纺纱，织机的木踏板踏在鹅卵石上‘咯嗒’作响。”

她停顿了一下。等她说话我很开心。我想让她以自己的速度、自己的方式来讲故事，她当时也是这样对我的。而且，我喜欢听她的声音，即便她背诵一箩筐，我依然觉得那嗓音如同音乐般悦耳。

“人们认为我的出生预示一切都要好转。”她说，“我的母亲和父亲在村里很受爱戴，他们忠诚可敬。我父亲替不识字的人写信，为需要法庭代表的人讲解法庭程序。这些都非常符合他的性格。”

“我知道。”虽然我并不知道，但我还是这样回应她。

“多年的暴力冲突和威胁恐吓过后，我们的敌人似乎把目光投向了其他地方，我们太平了一段时间。当然，也会有一些小斗争，那是生活在战争阴影里的社区很常见的分歧。但那都是个别情况，不在报复计划中。虽然我们都知道有人被抓起来了，但大部分人受到的刑罚不过是佩戴这个十字架而已，随后便被释放了。”

我本能地把手伸进兜里，拿出那块破布放在膝盖上。

“这是将人们区分开来的方法？”

我低头看着那块已经褪色的、散发着酸臭味的破黄布。我曾听说过德国人对平民的处罚方法，《时代》杂志上报道过，但对诸如此事却闻所未闻。

“这当然是为了羞辱我们。”她回答道，“但是，当这么多人都被打上同样的标记，它便成了良好品格的标志。”

“荣誉勋章。”

“是的。”

我现在意识到这可能是她幸存的象征，所以她可能想留着它，我便递给了她。

“对不起，我不应该把它拿下来的。”

她摇摇头。我犹豫了一下，然后放回到了我的口袋里。这算不上什么正统的爱情信物，但它是我所拥有的全部。

“袭击愈发频繁。据说所有村民都被逮捕了，不管是男人，女人，还是孩子。蒙塔尤12岁以上的人都被带到了帕米耶法院，到那儿几乎要走一整天。审讯持续了几个星期。人们窃窃私语，谈论这件事时或用手捂着嘴，或将大门紧锁。即便如此，我们还是希望我们的村子再小一些，不要再让任何人闯进来，它只属于我们。”

我们校长说的那句话在我心里尘封了多年，如今我第二次想起它。

“绿色的大地被忠实之人的鲜血染红。”我喃喃地说。

法布丽萨听了我的话，立即有了反应。她的眼睛亮了起来。

“你了解我们的历史？”

“了解得不多。只知道这个地区冲突频发。”

“那你就会知道，我们多年来整日整夜担惊受怕，害怕亲人在夜里被带走。最糟糕的是，我们不知道哪些人可以信任。敌人向一些人保证可以确保他们的安全，还会给他们一大笔钱，于是这些人就成了间谍。我畏惧敌人，但不恨他们。”她犹豫了一下，“但是，对于那些背叛我方转而和敌人一起与我方作战的人，我很难不鄙视他们。”

我点点头。在战争初期，我想一定是在乔治第一次休假回家期间，我在虚掩着的书房门口偶然听到他和父亲的谈话。我记得他当时说他根本不恨德国士兵，因为他们和他一样，是为了自己的国家，为公平和正义而战。父亲点着头说：“是的，是的。”空气里弥漫着香烟和威士忌的味道。但是，对于那些逃避兵役者还有为敌方作战的间谍，他只觉得厌恶。当时，我被排除在乔治的世界之外，我只能在大厅里听他们谈话，而且听到了父亲钦佩的语气。上帝啊，救救我吧，我当时竟很嫉妒。

“我不知道德国人在法国这一地区也这么活跃。”我在对法布丽萨说话，同时也在自言自语，我想摆脱掉那段不愉快的记忆。我知道很多场战役的名字——洛斯战役、阿拉斯战役、野猪头山战役、帕山戴尔战役——和每一场所谓的军事胜利一样，它们因众多士兵丧生而臭名昭著。但我不记得卢瓦尔河谷下游有什么著名的战役。

“不。”她说，“当时我很小，但我知道他们并不是为信仰而战，而是为了领土、财富、人内心的贪婪，还有权力而战。”

“是的。”我说。我想起乔治很鄙视那些政治家，他们让好人葬送在战场上。

光线愈来愈强，世界又有了形状。我看了法布丽萨一眼，她面色苍白，黎明时分，她发出的光泽近乎蓝色。

“后来有一天，一切还是发生了。士兵找到我们。”

大逃离

我的心沉了底。

“看着我，如果难于说出口，就没必要……”

我多么想把她从痛苦的回忆中解救出来，多么想把她搂在怀里，告诉她一切都很好，但现实情况当然并非如此。怎么可能一切都重新好起来？

法布丽萨的头微微一动，但并没有摇晃。我明白，她既然已经开了头，就一定要把故事讲完。

“当时是12月。”她继续说，“那天天气晴朗，太阳耀眼，天空湛蓝，但很冷。下午，日头照在山间的时间比往日长一些，金色的阳光铺在萨巴斯的雪峰上，如同一缕丝带，到处涂满了金色和白色。虽然这一切违背了常识，但我记得当时我想，上帝竟能创造这样的一天，真的很不可思议。”

我看着她，她用这么简单的语句描述自己的信仰，让我很受触动。当时的喜悦已经没有了。她的表情又严肃了起来。

“夜幕降临，每个人都去奥斯塔尔狂欢了。”

“移牧节？”

她点点头：“有传言说，有人在塔拉斯孔看见士兵了，但我们觉得那离我们很远。我们怀疑我们中间有人把我们村的村民名单、我们有多少财产以及谁是忠诚之人，都告诉给了敌人。”

“就是那些没有被迫戴黄色十字架的人？”

“没有那么简单。”她说道，然后停了一下，“我们并不知道，在我们参加盛宴时，士兵部队已经往山谷里来了。那一次的传言是真的。”

“我和父母、兄弟先在位于河谷另一端的瑞纳克的外婆家度过了非常愉快的两天。我们返程的时间比预期的要长，而且虽然天气晴朗，但温度很低，导致我的兄弟身体情况很差。”

“你有个兄弟？”我低声说。甚至就在我说出口的那一刻，我就意识到，我为我们有这样一个共同点而感到高兴，这样的想法很愚蠢：“是哥哥吗？”

“他以前比我小三岁。”她平静地说。

“以前？”

她摇摇头。我懊恼自己打断她说话。难道我还不知道法布丽萨会以自己的方式，以自己特定的时间顺序讲述她的故事吗？

“对不起，我不应该打断你。”

“当我们快到家时，一个男孩从树林里跑出来。他当时受到惊吓，说话断断续续，语速又很快，我们根本听不清他在说什么。我父亲让他平静下来，并以极大的耐心哄这个惊恐的孩子说出……”

她突然停了下来，眼睛睁得老大。

“说出什么？”

“发生了大屠杀。山下的村庄全都被付之一炬。老人、妇女，就在原地被砍死。孩子也是。到处流淌着鲜血。”

我有些冷了：“天啊！”

“当然，信息是否属实，我们无从得知。过去的几周里有很多假警报。对于这一条情报，我们无法确定是不是真的。”

我从烟盒里又拿出一根烟，把它点着。

“你们怎么办了？”

“我弟弟的健康状况很差，所以我父亲决定带他和母亲回家。他告诉我继续上路，然后他尽快在奥斯塔尔和我会合。我们分手之前，他要我保证不把这个男孩的事说出去。不管他的证词是真是假，都会引起恐慌和警惕。最好等到他和其他人一起协商，再决定如何应对。

“当我到达奥斯塔尔，每个人都情绪高涨。虽然我们还活着，还能够在警报拉响之时共同庆祝丰衣足食，但一想到几个小时以内这一切都会失去，我的内心不禁开始流泪。”

“当时一定很难熬。”

“所以我就在那儿坐着，知道真相，却必须藏着掖着。我一直盯着门口，等待着我的父亲。我没看到他进来，后来他刚一来，就被纪尧姆·马蒂、伯纳德先生、奥捷先生等人围了起来。”

法布丽萨犹豫了一下：“后来我才知道，我父亲又问了男孩一些问题，终于得知他说的都是事实，没有任何夸张成分。他让我母亲打包好可以随身携带的行装，并把孩子派去各处通知留在家里的人，但没有告诉奥斯塔尔的人。留在家里的人不多。有上了年纪、久病不起的桑切斯女士，还有盖里先生。”

“盖里？”

“当然，那时我对此一无所知。我还在祈祷，希望这是虚惊一场。但听到门外传来马蹄马具声，我就知道这并不是一场虚惊，后来两名士兵大摇大摆地走进大厅，于是骚动就开始了。”

我感觉很冷。

“打斗迅速升级。大家很轻松就把士兵们赶了出去，把门堵死。我们身边的间谍也武装了起来，做好了支援进攻者的准备，但他们也被迅速制服。

“士兵的出现证明一支营队即将抵达。提前派人侦查这样的事情很常见，而且通常情况下，逮捕行动很迅速，且不会发生流血事件。但是这一次，情况有所不同。关于山谷中发生大屠杀的消息骇人听闻，而且表明伤亡人数众多。我父亲等人认为我们必须在主力军到达之前逃离村子。

“不是每个人都愿意走。雷蒙德和布兰奇·莫里说，他们上年纪了，不能再次被赶出家园，他们宁可死在床上。但大多数人都听从指挥，从地下隧道离开了奥斯塔尔。纪尧姆·马蒂和米歇尔·奥捷选择坚守阵地，拖延住士兵。”

一下子接收这么多信息，我被弄晕了。这些信息太混乱，让人费解。

“我母亲动作很快。她和我弟弟还有其他准备离开的村民一起打包好了行李。行李不多，有面包、一些豆子、酒、毯子。他们在隧道出口处等候着。

“行程对于我弟弟来说有些艰难。他体弱多病，气力不足，很难度过漫长的冬天。我从气色便可知道他痛苦不已，但他从来没有抱怨过。”她又停了下来，“他从来没有抱怨过，一次也没有。”

“他叫什么名字？”我轻轻地问。

“吉恩。他叫吉恩。”

有那么一会儿，我们都沉默了，历史的丝线在我们身边，如彩带一样在风中飘动着。

“你们去哪儿了？有什么安全之处吗？”

“这附近有很多隐蔽的山洞。”她朝山谷的那一端，越过小镇死寂的屋顶，指了指我来尼欧村时穿过的那片树林，“从岩壁的极小缝隙中穿过去，可以进入隧道，那是以前的藏身之地，是许多通道和洞穴围成的迷宫。”

我想起昨天见到的尼奥洞窟和隆布夫洞窟的路牌，回头看了看我们下坡的方向，试图想象出当时他们是怎么从村子这头走到那头而不被士兵发现。

“这些山洞大到能容纳你们所有人？”

“地下简直就是一个个城市，山洞宏伟高耸。”她又一次做出半笑不笑的表情。

“太不可思议了。”

“是的，我们坐着马车，直到路面十分陡峭的地方才下来。我们卸下骡子，相信它能找到回家的路。其他人也一样。我们同时希望，骡子的蹄印和车辙能给搜寻我们的士兵留下虚假的线索。

“我们原路折回村子附近，绕过开阔的空地，从树林中朝东走去。然后我们就沿着斜坡向上爬到山洞里。”

“我还是没弄懂你们这么多人是怎么成功躲开士兵的。”

“我们知道地形，他们不知道。而且我们很幸运，那天晚上没有月亮。另外，敌人的大部队比我们预想的要远得多。”她停了一下，“我们猫着腰在地面上慢慢行进，用树影做隐蔽。我们没拿火炬，也没有人说话。

“村子另一侧的森林里有两条通往山顶的小路。一条非常陡峭，黄杨和白桦很繁茂。另一条路长一些，但不那么陡，而且宽度可以够两个人并排走。”

“我来时走的那条路，从小路下来，从东穿过树林走到了尼欧村。”

“我们走到一半，到两条小路交汇的地方时，还是夜里。我弟弟吃力地走着。他没有说什么，但是很明显，他已经走不动了。所以，我父亲决定先不和其他人一起走，休息一会儿，然后天一亮就去追他们。他记得有一条更艰险却更快捷的通往山洞的小路，那是他儿时偶然发现的，但自那以后就再也没有走那条路。他说，如果他记得准确，我们可以从一个陡峭的斜坡走到一处高地，那样我们离大家的目的地就很近了。

“我们和朋友一一告别，祝他们好运，希望第二天早上就能见到大家。我们钻进灌木丛，裹着毯子，依偎在一起取暖，等待夜晚结束。

“虽然我能从吉恩的呼吸声中判断出他在哭，但他很安静。我给他一些酒，哄他吃了一点面包。我不敢给他唱歌哄他入睡，但我抚摸着他的头发，紧紧地搂着他，让他瘦弱战栗的身体暖和一些。他的呼吸变得平稳，后来，他睡着了。我也睡着了。”

破晓

“天空刚露出鱼肚白，我便被父亲摇醒。我们听到士兵在我们脚下大声叫喊着，他们的脏话通过清晨寒冷的空气传到我们的藏身处。他们一定是猜到了，我们不可能走太远。我们知道，留在后方的人一定不会背叛我们说出我们的行踪，但我很担心他们的安全。”

“他们……”我问题只问了一半。

“我们没有再见到他们。”她简短地说道。没有必要再多说什么了。

“吉恩的身体越来越弱。夜晚的空气加上恐怖的形势，让他更加没有力气了。我父亲背着他，我和母亲跟在后面。一开始，我们返回较陡的那条路，去找父亲记忆中的隐蔽小路。那里仿佛被忽略了，一片寂静。山脚下一直传来叫喊声，是士兵在叫喊。

“我们没走多远，就在灌木丛里看到一处裂缝。父亲把桂树扭曲丛生的树枝扯开，露出古老的树根。”

法布丽萨微笑着回忆。

“它看上去真的很像用木头做成的台阶，我这么说道。吉恩被逗乐了，所以从那时以后，我就用全部心思逗他，好让他分心。”

她的脸又变得严肃起来。

“但那个时候他几乎一直在咳嗽。有好几次，我父亲不得不轻轻地把他从背上放下来，等他喘口气我们再走。

“最后，我们到达了一块高地，其实不过是山坡上岩石的突起处。我注意到，父亲终于确定他的记忆没有错，他松了口气。我看见岩石上方有一处半月形的裂缝，隐藏在一个凸起的峭壁之下，从高地下面完全看不到洞口。走过一小段隧道，便来到一个很宽阔的地方，它连接着山里的一大片洞穴。

“我们听到有人说话，于是悬着的心立马放了下来，很快，我们就和邻居团聚了。”

我下意识地叹了口气。

“每家占了一小块地方，搭起帐篷。刚开始，气氛里充满希望。孩子们玩耍着，对地下世界感到新奇，妇女们帮着我母亲照顾吉恩。起初，他的健康状况有所改善，每天都恢复一些。”

我皱起眉头：“每天？你们在山洞里待了多久？”

“很长时间。”

“几个星期吗？”我问道，这样的想法很是吓人。

“不止。”她停了一下，“我们都盼着有一天可以重返家园。因为当时是冬天，我们以为士兵最终会放弃，春天时他们不会再光顾那里。以前就是那样的。而且，一开始，他们也的确有此打算。他们的确离开了，但他们过一段时间还是会回来。他们总是回来。我们在做猫捉老鼠的游戏。”

法布丽萨转过头来看我，然后又转回去看远处树木丛生的地平线。

“你知道的，我们是最后的幸存者。我们村是剩下的几个据点之一，他们不会让我们活下去。所以我们一直等啊等。后来下了场大雪，我们以为他们当时就会离开。但他们没有这样做。他们占领了村庄，占领了我们村。

“几个星期过去了。我们的精神开始消退。男人们晚上走出洞穴找食物和供给品，一点灯油、蜡烛、引火物，但这些远远不够。所有人都饥寒交迫。”

她犹豫了一下，自她开始讲故事，我第一次忍不住想去拉她的手。我试图把她的手攥在我手里，但她的手是那么冷，我几乎没法一直抓着。她似乎根本不存在一样。

“吉恩很痛苦。寒气和潮气钻入他的骨头，逼进他的胸腔。晚上他无法入睡。他咳嗽个不停，喘息着，透不过气来。他需要新鲜空气和阳光，而这正是我们无法给予他的。我看着他一天天地虚弱下去，却力不从心。他去世时只有14岁。”

我心里涌起一丝怜悯。我无法接受法布丽萨失去她心爱的弟弟这一事实，她的遭遇比我当时还要糟糕。乔治去世时的确切情况无从得知，这困扰了我许多年，但我无须看着他死去。而法布丽萨一直和吉恩在一起，看着他一点点离自己远去，却无法拯救他。怎么能有人承担起这样的回忆？

“我真的很难过。”我平静地说。

太阳升了起来，寒气逼人，天空呈现出白色。新的一天来临，夜间的黑色树木变成绿色，高山的轮廓呈现灰色。我可以看到远处塞都山峰顶的皑皑白雪。

我搂住她，这一次我紧紧地抱着她。虽然她在我怀里给人感觉依然很单薄，如雾一般。

“我们没法将他埋葬。”她低声说，“外面土地太硬，而洞里的地面全都是石头。于是，我们把他和其他死去的人放在一起——寡妇阿泽玛，还有布洛特家的孩子。后来，死去的人越来越多。”

我屏住呼吸。这么长时间以来，每天晚上，我的头脑里都萦绕着乔治死去时满身泥血、缠着铁丝网的情景。他鼻孔中充斥着停尸房的恶臭，他的战友被地雷和子弹炸成碎片，被毒气呛死。但想想法布丽萨，她被困在这样一个地方，心爱的吉恩就在她身边死去，这是另一种恐怖。

“他去世后大约一个星期，就是埃斯佩拉扎冬季集会的日子，我们看到树线上方升起滚滚浓烟。那时，我们便知道，村子被烧毁了。虽然他们知道我们就在附近，但还是没能抓到我们，所以很是愤怒，于是就把一切付诸一炬。教堂、奥斯塔尔、我们的家……一切都被摧毁了。”

“法布丽萨。”除此之外，我无话可说。

“后来，当冰雪开始消融，我们以为自己被敌人遗忘了，不再那么小心翼翼。士兵看见有两个人在天黑之前回到山洞里。他们紧随其后，并在那里安排了一个哨兵放哨。后来，他们发现了一个出口，找到其他出口对于他们而言只不过是时间的问题。”她停顿了一下，“我们听见他们摞起石头，用木头撑起碎石，用锤子敲敲打打。光线越来越暗，我们被黑暗吞没。曾经的避难所如今成了坟墓。所有出口都被封死了，我们出不去了。”

我觉得法布丽萨从我怀里溜走了。我突然一阵眩晕。我曾一度努力克制住胃里的恶心，现在这种感觉又汹涌而来。

“没有人回来。”她说，“一个都没有。”

我担心我会昏倒。我的手心湿冷，胸腔憋闷。我身体前倾，脑袋低垂，胳膊支在腿上休息。

“弗雷迪？”法布丽萨说。我听出她声音里的关切，我打心眼儿里喜欢她。

“我没事。”

“弗雷迪。”她低声说，“不要害怕。”

“害怕？我不害——”

我猛地抬起头，试图让舞动在我眼前的颜色安定下来。我听见她催眠曲般地说着我的名字。这时，我确定无疑，暴风雪时我听见的就是法布丽萨的声音。“但是是怎么回事？”我低声说，“怎么回事？”

我沉默不语，困惑地看了她一眼，她眼中反射出来的是我的痛苦。我现在十分疲惫。说话说了太长时间，我筋疲力尽。我意识到自己非常非常冷。

似乎法布丽萨也挺累的。她没有动，但我感觉到她有一丝不安，似乎她耽搁了太久。我能感觉到她正一点点离去，虽然我非常想把她留下，却无力阻止她。

“已经是早上了。”我低头看着我们脚下躁动不安的小镇说道，“我应该把你带回家。”

虽然我在打着哆嗦，寒冷透彻心骨，但汗水却从肩胛骨间流下来。我尝试着站起来，却力不从心。我举起沉重的手臂，摸了摸额头。我的皮肤滚烫。

“我还能见到你吗？”我说错话了，“今天晚些时候。我……”

我是大声说出来的，还是在脑海里说的？

我再次试图站起来，但我的膝盖弯了下去。我跌坐到“临时凳子”上，感觉树皮突起处扎进我的皮肤里。

“法布丽萨——”

要抬起头真的很费劲。我想要挣脱束缚，从我的记忆牢笼中逃跑。

“我一定要……带你……回家……”我又说了一遍，但表达出来却变了味。我试图把注意力集中在法布丽萨的脸上、灰色眼睛上，出现在我眼前的却是两个女孩，眼前的形象时而清晰时而模糊。我试着再叫一次她的名字，这个词却在我嘴里变成了灰烬。

“来找我们。”她低声说，“找我们。然后，你就可以带我回家了。”

“法布……”

是她在离我远去，还是我在离她远去？我的心门闭上了。

“不要走。”我喃喃地说，“求你了。法布丽萨！”

但她已经走远了。我够不到她。

“来找我。”她低声说，“找我，弗雷迪。”

然后就没有了声音。我只知道自己又一次变成了孤身一人。这是那样的可怕。

高烧不退

“华生先生，请醒一醒。”

有人在叫我的名字，一只手摇着我的肩膀。但我不想醒来。

“法布丽萨……”

“华生先生。”

我全身疼痛难忍，浑身僵硬，我知道自己左半身的骨头——肋骨、髋骨、膝关节，全都压在坚硬的地面上，很难受。我抡起右臂，摸了摸手掌下方的木地板和上面的灰尘。

我尝试着抬起头，但眼前的世界却回旋远去，我又颓然倒下。我在哪里？后来又响起刚才那人的说话声，声音大了一点，轻快而不容辩驳，像是疗养院里的护士。

“先生，请醒一醒，您必须站起来。”

“法布丽萨？”我又低声说道。

那只手又一次放到我的肩膀上，有力的手指直接捏到我的骨头里。

他们为什么要叫醒我？我并不需要他们的药丸，我不想清醒。

“别管我。”我喃喃自语，试图翻过身去。

“先生，您必须起来。躺在这儿不好。”

这个女人是不打算走开了。我勉强睁开眼睛，出现在我眼前的不是病房护士经常穿的白色笔挺制服和黑皮鞋，而是一双木屐。

那是盖里夫人。不是在疗养院，而是在尼欧村的旅店里。出于某些原因，我没办法一下子弄清状况，我当时正躺在地板上。我挣扎着，强迫自己坐起来，把腿从身子下拖到前面，然后试着站起来。

“让我来帮您，先生。”盖里夫人有力的大手放到我的肘下，把我搀到椅子前，“坐这儿吧。”

我一屁股坐下来，身体前倾，双肘支在膝盖上，等眼前的画面不再旋转。

“她在这儿吗？”

“谁在这儿，先生？”

“法布丽萨。”我说，我的音量提高了一点，“她和我一起回来了吗？她在这儿吗？”

“这儿没有别人。”她回答道。我能察觉到她的和善背后还有困惑。

“她不在这里？”虽然我告诉自己这是意料之中的，但失望之情还是浸入内心，如同墨水一点点浸入吸水纸。她现在可能在家里睡觉呢，是的，她当然会。一杯白色液体出现在我的眼皮底下。

“把这个喝了。”

药很苦。我才喝了两小口，手就开始抖。盖里夫人用有力、温暖的双手握住我的手，帮着我喝完。然后，她轻轻地从我手中取走玻璃杯。

“这药有助于睡眠。”

我点点头，但其实我早就没有了询问是什么药或有什么药效的习惯。

“现在是几点？”

“10点钟，先生。”

“早上10点？”

“是的。”

我环顾了一下整个屋子。很显然，当时是早晨，一切都沐浴在单调的白色日光中。炉火熄灭，燃尽的灰色柔软灰烬堆成一个金字塔。壁炉旁的地面上，酒瓶和酒杯都是空的。

“先生，您没有下楼去吃早餐，我们就很担心。”

“我真没想到会有这么晚了。”

我皱起了眉头，试图弄清这些事件的发生顺序：我刚刚洗了个澡，现在回到屋子里吸上一根烟，喝一杯酒，做好凝神思考的准备。我低头看了看身上的衣服。我当时穿着长袍和粗呢外套，但软皮靴却不见了踪影。我不记得自己脱掉过。我晃了下头，眼前顿时眩晕如万花筒。我用力按着太阳穴，想要控制住头痛。

“先生，我要不要请医生来？”盖里夫人连忙说道。

“不，不。不要请医生。”

头晕逐渐缓解，最终消失。为什么我完全不记得自己是怎么离开法布丽萨，走回旅馆的？很明显，我脱掉了自己的鞋子并开始脱衣服，后来发生了什么？我晕倒了吗？

“您知道我什么时候回来的吗？”

“回来吗，先生？”

“我从奥斯塔尔回来是什么时候？一定有人听见我回来时弄出的动静。”

她沉默着，其中不无谨慎。我能看出来，盖利夫人有些纠结，她可能是想说些什么却又不敢。

我想知道她对所发生的一切了解多少。我知道我正在发烧，但我不在乎。我在乎的是，在尼欧村的旅馆里，在那个冰天雪地的时刻，为什么法布丽萨没有和我在一起。

她为什么离开我？

我靠回椅子上。我记得什么？刚进入夜色的时候，是的，那时的记忆很清晰。我记得我穿过教堂广场，在浓雾中沿着教堂旁边的巷子一直走。天空中星星闪烁，如同颗颗宝石，我手指冰冷，揣在口袋里攥着那幅手绘地图。我找到奥斯塔尔街后，纪尧姆·马蒂把我迎了进去，并把我介绍给其他客人。我记得篝火的温暖，行吟诗人轻快的旋律，以及那高高低低的交谈声。

还有法布丽萨。

我屏住呼吸。法布丽萨，是的，我们一直在聊天。她一语道破我的内心，有些尴尬，但同时我内心的负担减轻了。后来便是一阵骚乱，众人打斗起来。是的，我记得这些。但后来我和法布丽萨离开了，不是吗？因为她当时告诉我不会有事的。我记得地道里满是灰尘，蛛网密布，我们徒手撬开那扇裂了缝的木门，出现在我们眼前的是夜空中最后闪烁的星辰，我们置身于村子西面的山坡上。我记得，我们在破晓时分坐在蓄水池旁。这一次是她向我倾诉衷肠，讲述着曾经的遗失和回忆。

难道不是这样吗？

我一下子从椅子上窜了出去，几大步穿过整个屋子。我一把推开窗子，窗框撞到墙上，我几乎整个人都探了出去。我需要看一看我们在山上坐过的地方。我一定要向自己证明那个地方还在。冷空气灌进屋子，紧紧地包围着我，但我完全感觉不到。

我意识到盖里夫人把手放在了我的胳膊上："先生，请您回到屋子里来吧。您这样会让自己病倒的。"

"就在那边。"我一边说，一边挥起手臂指向太阳升起的方向，"我们当时就坐在那儿。"

正当我看到她慈祥的脸上流露出关切的表情并想要告诉她放心时，我突然注意到房间里的光线。教堂广场上覆盖了一层薄薄的雪。

"什么时候开始下雪的？"

"凌晨时分，先生。三四点钟。"

我转过身去看着她："您一定是弄错了。我回来的时候肯定没有下雪，所以……"我停了下来，因为事实上我已经不记得了。"我不太确定。"我承认道，"那时候天已经亮了。"

我心里想着，当时气温并没有低到下雪的程度，但我马上就没有了底气。我低头看了看自己裸露在外的瘦弱的胳膊。

上面满是鸡皮疙瘩，撑在窗台上紧抱着的肘部也跳动着青筋。

“一定是后来才下的雪。”我坚持着，手指着窗下纯净的雪，“您看，上面没有任何印迹。一定是在我回来后开始下雪的。”

“您应该休息,先生。”她轻声说道。很显然,她不相信我。

我很沮丧，从窗口走开，好让她关上窗子。铰链发出吱吱声，一片雪花从窗边飘落到窗台下方的地板上。然后，她把百叶窗也关上了，我们与外面的世界隔绝开来。金属钩环扣回原位，发出“咔嗒”一声。

“您一定听见我回来了。”我坚持道。

盖里夫人叹了口气：“不是什么时候开始下雪那么简单。”很明显，她也不愿意被迫承认什么。

“您说什么？”

她停顿了一下，极其谨慎地说：“先生，您确定您真的出去了吗？我昨晚在奥斯塔尔并没有见到您。其他客人也没有见到您。我当时很担心您是不是迷路了。”

“但是，这……太荒唐了。”

“我猜想您一定是觉得这么冷的天最好不要出门。直到今天早上您没有下楼，我才开始担心您可能会不太舒服。”

我开始意识到，我的身体有些摇晃。我把肩膀靠在墙上，希望以此掩盖住自己站不稳这一事实。墙纸很旧，印着生长在草地上的蓝粉色花朵，阳光照射的地方已经有些褪色，呈现出条纹状。

“先生，请坐。”她又抓着我的胳膊说道，“您应该坐下。”

我两臂交叉放在胸前。“我清楚地记得我穿上了长袍，”我低头看了看，“就是这件长袍，还有靴子。我把信放在楼下接待处的柜台上，随后便出门了。当时是10点整。”我停顿了一下，“您看到那封信了吗？”

“我看到了。”她小心翼翼地说，“但我以为您把信放那儿以后又回房间了，先生。盖里先生说他没有听见您离开。”

对此，我无话可说。显然，她越来越担心我的精神状态。或许，她认为我还没有醒酒，或者是还没有从昨天的事故中醒过神来。有那么一瞬间，她的目光从我这里挪开又迅速挪回来，似乎不想让我看出什么异样。已经晚了，她的动作太慢了，我脑海里的声音在嘲笑她。我在疗养院时经常听到那个可恶的声音，是它让我和医护人员作对，但我本以为那声音早就消失了。

借来的靴子躺在桌子底下。是我回到房间后踢脱掉的吗？我看出来鞋子很干净，没有任何曾被穿到外面去的迹象，也肯定没有在雪地里行走过，鞋尖上也没有留下可以作证的雾水的污渍。我摸了摸裤子的卷边处，它们也都是干的。

“您看，我清清楚楚地记得我走到了奥斯塔尔去。”我慢慢地说，小心地措着辞，就像是酒鬼在每次迈步前都要认真思考一番，“我严格按照您的地图走的。穿过广场，沿着教堂左侧的通道……”

“左侧？您应该往右面走的。”

我接着说下去：“好吧，但我同样走到了目的地。我在十字路口处确实徘徊了一会儿，教堂后面的街区像一个迷宫一样，您就是这样提醒我的，但我很快就找到了方向……”

“十字路口？先生？”

“轻松地找到了奥斯塔尔。那里聚集了很多人，每个人都盛装打扮，您也是这样告诉我的。所以，您不认为，很可能是您在人群中和我错过了吗？”

她的表情有些让我惊慌。那是同情，但的确是很担心的样子。我被送进疗养院的那天晚上，曾在护士脸上见过这样的表情。我和他们的逻辑世界之间存在着一种说不清道不明的鸿沟，现在也是如此。但我还是继续说下去。

“盖里夫人，看到您在那场骚动过后还安然无恙，我就放心了。我当时很担心您会受伤。”

“受伤？先生？”

“法布丽萨说不用担心。我想那可能是狂欢节的传统之一，但我不介意告诉您，我被他们骗住了。那一切看起来太真实了。但那是很晚才发生的事，可能那时候您已经走了。”我知道我当时说话声音过大，语速过快，但我控制不住自己。“一个很讨人喜欢的家伙，叫纪尧姆·马蒂，把我拉进去，向我介绍……”我支吾着，试图回忆起那些人的名字，“有两姐妹，还有一个寡妇，叫阿泽玛夫人——”

盖里夫人沉默不语。她已经不再试图和我辩解。我的信心又被击碎一些。

“奥捷夫妇，还有您很多别的邻居。但晚上的大部分时间，我都和一个可爱的女孩在一起。”我犹豫了一下，突然间有些害羞，“她就是法布丽萨。您认识她吗？”

我见盖里夫人盯着我，她眼中流露着怜爱之情。这让我立即想起那天在卡迪利大街附近的饭馆吃饭，母亲的脸上是截然不同的表情。不是怜爱，而是厌恶。我眨了眨眼，想到这样一文不值的记忆，许许多多这样的记忆，到现在还能让我伤心，我很愤懑。

我又开始解释：“她是一个非常俊秀的女孩，披着一头黑色秀发，面色白皙，长着一双惊人的灰色眼睛。你一定认识她。”

盖里夫人转过身去：“我没听过这个名字。”

“好吧。嗯，也许她是其他人邀请来的客人？”

这话还未说出口，我就知道不大可能。如果法布丽萨是和其他人一起来的，她会整晚只和我说话吗？她会和我一起离开吗？

“那也是有可能的。”我咕哝着，“或许她喜欢我呢。”

我想起什么别的东西可以作为证据。“我的外套。”我兴奋地说，“我把它落在奥斯塔尔的大厅了。争吵一开始，我急于带她离开，完全忘了大衣的事。它一定还在那呢。”

她目不转睛地盯着我：“您的大衣还挂在前门的挂钩上呢，昨天晚上我挂在那儿的，好把它晾干。”

“那……一定是谁帮我带回来的。”我回答道，但事实上在这场争辩中我已经败下阵来。我所说出来的事根本讲不通。盖里夫人给出的证据和我对昨晚的记忆完全相悖。我还有什么可说呢？

“一定是法布丽萨找到后拿回来的。”我低声说道。可是她现在在哪儿呢？

我打着寒战。站在光秃秃地板上的双脚突然疼了起来。我抱起肩膀，感受着单薄的长袍下的肋骨。

盖里夫人搅着我：“您应该躺下来，先生。”

“一定有人认识她。”我说道，但还是让盖里夫人把我从椅子上拖到床边。我脱裤子时她转过身去，然后她掀起鸭绒被，我乖乖地钻了进去。我就这么轻易地又扮演起了病人的角色。紧绷绷的方形鸭绒被由几块鲜亮尼古丁色布料做褶边。她正在忙这忙那。她把被子拉到我的脖颈上方，轻轻地拍了拍。法布丽萨在哪儿？我们的只言片语又浮现在我头脑中，都是关于她家人所遭受的惨剧。

“一战期间这附近的敌军活动多吗？”我问。

尽管盖里夫人对我的策略改变很惊讶，但她也没有表现出来。现在我当然意识到了，她是在迎合我，就像医院里的医生护士一样。第一条规定，就是不要激怒病人或让病人激动。

“这附近的勒韦尔内有一处战俘营，里面关押的都是德国的俘虏。”她回答说，“但离这儿有一段距离。”

“我是说有没有德国部队在这里活动？非官方行动。”

她在我面前俯着身整理床罩，两只手一直没有闲下来。

“我们和北方军作战时，很多年轻人丧生了。我和盖里先生……”她停了好一会儿，才掩盖住目光中的苦楚。我很愧疚，当时竟没有去安抚她。在此之后我才知道她经历了什么，她的家经历了什么。

“没有什么流氓部队？”

“没有，先生。这儿没有打起来。”

我身子一沉，靠回到长枕上。我想起法布丽萨讲到这个村子受到突袭，讲到他们如何逃往深山，还有她的弟弟的事情。这些都是真实的经历，仿佛历历在目。

“也就是说尼欧村从来没有遭到攻击？没有过突袭，没有过避难，什么都没有过？”

“没有。”

是我误解了吗？当然，这也有可能。是不是也有可能我把自己的故事和法布丽萨的混为一谈了？我又一次说服自己，告诉自己这不是不可能。我闭上双眼。

我是一个可以明辨是非的人吗？昨晚法布丽萨就是这样问我的。当时我很确定。但现在呢？现在我连这个问题是否真的被问到都不确定。

“但这里好让人伤心。”我听见我自言自语道，“我到这里时，就觉得有一些东西，灵魂，笼罩着整个村子。”

盖里夫人停下手里的家务。

“昨晚的奥斯塔尔有些怪异。”我继续说道，“在那……至少是在骚乱之前，每个人都情绪高涨。”

她又做起家务来，就好像一个控制着她的开关被弹开了。

她仍然什么都没有说。她把椅子重新放回到桌子旁边，把我的裤子挂在衣架上。

“先生，您还需要什么其他东西吗？”

我想不到还需要些什么，但我意识到我希望她能留下来。她的陪伴让人安心。

“这么麻烦您，很抱歉……”

“我很乐意帮您，先生。”她拿起空酒瓶和酒杯，放到托盘上，“我大约一个小时以后过来看您，现在您应该睡觉了。”

我累了，很累。也许是安眠药开始起作用了。

“米歇尔·布雷莱克对汽车比较在行，等您恢复体力了，可以随时吩咐他。他可以帮您。”

“谢谢。”我低声说道，但她已经走了，门半开着。我听着她的木鞋声在走廊里渐渐远去，然后走下楼去。那声音莫名地安心而寻常。我躺回到枕头上。

以前，除了乔治，要爱我的想法对于别人来说似乎都是一种屈服，是向某种强烈情感投降，是失去控制。而现在，爱似乎那么自然，甚至我们无须说出口，就像呼吸，或是仰起头享受夏日的阳光。

法布丽萨……

她的名字一直萦绕在我的脑海，就像是儿时的童谣。“法布丽萨”这几个字，一直搅动、缠绕着我的神经，越来越紧，越来越紧……

“你在哪里？”

我意识到自己大声地说出来这句话。但没关系，旁边没有人能听到我说话。

“我会找到你的。”我喃喃道，口中依然念着她的名字，进入梦乡。

盖里夫人的守护

那天我睡了一整天，连着晚上。或者，可以说我有时是半睡半醒的。我知道有人进进出出，看到晃动的人影，模糊的面庞，听见女仆生火时划火柴的声音。

我完全醒来只有两次。第一次是盖里夫人把一碗汤和一块面包放到床边，一直等到我把它们吃光。第二次是她让我服第二剂白色的苦药，可能是安眠药或是什么祖传药方，我一直都不知道究竟是什么，也不关心。

“现在是几点？”

“夜里。”她回答道，冰凉的手放在我的额头上。我没有问她为什么要如此费心照顾一个陌生人。我能看得出来，我是她的顾客，她觉得自己有义务照顾我。但即便是这样，这也远远超出了她自己的职责。

但盖里夫人母亲般的照顾也无法让我的烧退下来。大约在夜间，我的体温高得吓人。我身上每一块肌肉、每一根肌腱都在用力弯曲，试图与高烧抗争，但我自身抵抗力太弱，除了期待高烧一点点退去，我没有力气做任何事。

我一会儿皮肤滚烫，一会儿浑身冷汗。我在床上辗转反侧，就像是暴风雨过后大海上的一块漂浮物，被梦境和幻觉深深困扰。在我头脑中进进出出的，有天使，有石像鬼，有幽灵般的幻影，有许久不联系的朋友，他们和着乐曲舞蹈，先是旋转木马的音乐，再是《致爱丽丝》，然后是拉格泰姆舞步。

后来盖里夫人告诉我，我的体温越来越高，有好几个小时，我都命悬一线。我肯定是在美好和惊骇之间徘徊。

我看到一只瘦骨嶙峋的手从新翻的土地里钻出来，树枝上的花朵枯萎着。我看到父母的后脑勺，我需要他们的爱，而他们对我视而不见。我看到乔治在果园的小溪旁对我微笑，但我刚一叫他，他就转身走远了。我看到铁丝网、泥巴、鲜血、氯气，整个世界充斥着难以想象的痛苦。

高烧大约在凌晨三点时退下来。我感觉到，它像一只夹着尾巴的混种狗一样偷偷溜走。我的体温降了下来。我不再浑身发抖，烧得发黏的皮肤也恢复正常了。

几个小时以来，我第一次意识到自己被寻常世界的平凡特征包围着。它们的平凡，让人安心。一把椅子，我的裤子挂在衣架上，一张桌子，壁炉里的最后一丝火苗，盖里夫人在我旁边的椅子上轻轻地打着鼾。缕缕白发从她紧致的辫子中钻出来，我似乎看到了她年轻时的美貌。我的记忆中，母亲从未这样悉心照顾过我。我没有叫醒她，而是伸出手，轻轻地拂在她手上。

“谢谢。”我低声说。

然后祥和降临了整间屋子。在这栋安静沉睡着的房子里，我听到楼下大厅里的钟鸣。我把胳膊拿到被子外面，转向窗子，我好像墓碑上的石头骑士。

我想知道，法布丽萨是否也在朝窗外的黑夜望着。我想知道，她会不会过来打探我。我给她留下的东西微乎其微，都是关于我的一些零星信息，我甚至还期待她能爱上我。我是不是把她吓跑了？她也在深夜中清醒地躺着，像我想着她一样地想着我吗？

一缕月光从百叶窗中钻了进来，在地板上划出一条线。时间一点点过去，地球在转动，我看见那光束舞蹈着，慢慢地改变位置。我在想：如果我对她讲述这些细微的美好，我会怎么对她说？比如小鸟起飞时拍打着翅膀的样子；夏天亚麻开着蓝色花朵，丰收时节郊区教堂被犁沟和玉米点缀着的样子；半音音阶上音符的跳动；还有，爱情存在的可能性。

后来我睡着了。而这一次，我没有做梦。

当我再次醒来，已是早晨了。盖里夫人已经走了。椅子靠墙摆着，好像从未被挪动过一样。我身体疲惫，但我感觉很好。实际上，比一段时间以来都要好。那时，我饥肠辘辘。

我坐了起来，在纠结是起床还是再等一会儿。我不确定当时是什么时辰。就在我刚刚决定起来洗漱时，有人轻轻敲了下门。

“进来吧。”

盖里夫人走进来，胳膊上搭着我那件清洗过的衬衫，手里举着早餐托盘。

“我给您带吃的来了。”她说。

我笑了笑，把被子抚平。

“太好了。我今天早上似乎胃口很好。”

她一边装作忙着整理房间，一边趁机观察我是否把东西都吃光了，这让我很是感动。早餐有烤面包、腌火腿，还有切成完整两半的鸡蛋。当我想感谢她整夜地守护在我身边，她却对我的感激之情置之不理。不过，她朴素的面颊泛起红晕，我能看得出，她还是很高兴的。

“先生，您的信昨天已经给您阿克斯莱的朋友们寄去了。如果您了解了您车的状况，那个小伙子可以明天再去给您跑一次。”

“谢谢您。”我用餐巾擦擦双手,“您之前说有人会帮我？”

她点点头：“米歇尔·布雷莱克和他的孩子们10点钟过来。”

“现在是什么时候了？”

“快9点了。”

“太好了。我一个小时内肯定准备好。”

当盖里夫人意识到我打算和他们一起去，她脸上露出一丝担忧。

“我觉得昨晚您那么虚弱，这样做并不是明智之举。现在气温也就刚刚达到零上。最好是告诉布雷莱克先生您的车在什么位置，然后一切都交给他。他很能干的。”

我严重高烧后竟会想着要出门远征，这想法似乎很不同寻常。但事实上，我确信这种神志昏迷的状态使得我强壮了起来，体力恢复了。我感到自己精神焕发，心理和身体上都比以前更健康了。

“我完全恢复了。”我笑着说，“而且是最佳状态。”

她摇摇头：“最好再休息一天。你不能过度疲劳。”

“没事的。”我坚定地说。

我最关心的当然是要去看着我被困在山上的车被救出

来。盖里夫人说她不认识法布丽萨，我就一定要找到一个认识她的人。我在旅馆里空等着肯定是不行的。

“那好吧，先生。”她说道，但我看得出她认为我的行为很愚蠢，“10 点出发。”

她离开后，我掀开被子起了床。我赤裸的双脚踩在地板上很凉，但站得很稳。我往脸上抹了把凉水，尽力把蓬乱的头发梳平整。我用手摸了摸胡子拉碴的下巴，心里想着还缺一把剃须刀，但我不想再找盖里夫人要了，我怕她会继续劝我不要和布雷莱克他们一起出去。

我穿好衣服，穿上“均适”皮鞋。这双结实的旧靴子用火烤过后，皮子有些收缩，但很舒服。我从裤兜里翻出烟盒及火柴，打开窗，望着窗外白茫茫的教堂广场。

我又把手伸进口袋里，口袋空空如也。我把烟搭在窗台边上，皱起眉头。我把黄色棉布十字交给法布丽萨时她拒绝了，我发誓我又把它塞了起来。我又找了找另一个口袋，但也是什么都没有。只有一些绒毛球和一根烧尽的火柴。

难道我在回家的路上把它弄丢了吗？ 因为我已经完全不记得我是怎么回到自己房间的了，所以最可能就是这个原因了，但我还是很失望。虽然它说不上是爱情信物，却是我所拥有的关于她的唯一一件纪念物。

“没关系。”我一边说，一边关上窗子。

走着瞧，我确定自己能找到她。

布雷莱克兄弟

当10点钟的钟声敲响最后一下，我来到楼下的接待区。

布雷莱克先生和他的两个儿子已经在那里了，盖里夫人快速地为我们互相介绍了一下。纪尧姆和皮埃尔·布雷莱克是一对双胞胎，大约十八九岁，头上戴着皮帽，系在下巴下方，脸几乎完全被遮住了。他们太像了，无论如何我都分不清两个人，后来才发现一个很容易区分的特征——纪尧姆的英语差强人意，皮埃尔则不然。布雷莱克先生什么都没说，只是点头示意了一下，我在他眼中看到了和盖里先生眼中同样的悲伤，盖里夫人在以为没有人注意她时，也流露出同样的神情。

她仍然坚持认为我不应该去，但是当她看到我意已决，就给我找了一顶皮帽子、围巾，还有一副厚重的男士手套。

“请帮我谢谢盖里先生借给我这些装备。它们简直是完美组合。”

“这不是我丈夫的。”她平静地说。我看到布雷莱克兄弟和他们父亲之间很快地递了个眼色，但谁也没说什么，于是我把手伸进手套的软毛皮衬里，没有再说什么，也没再去想这件事。

虽然我的法语足够日常对话，但不知道扭矩管和踏脚板这类术语怎么说，于是纪尧姆便承担起了翻译角色。我们一边打着手势，他一边用最最朴素的语言翻译着，最终我们达成共识，确定了汽车可能的所在位置，以及我认为车的损坏程度。

10点15分我们便出发了，云朵也未能遮挡住天空的湛蓝。我们穿过教堂广场，看到它的美，我的心胸似乎都宽广了。还是那个不变的世界，却是用新的眼光去观察。冬日白炽的太阳低悬在空中，阳光耀眼，却很寒冷。

布雷莱克先生把手放在纪尧姆的手臂上，很快地说着方言。我等着纪尧姆为我翻译。他的父亲提议，我们应该从树林里向山上爬，而不是冒险用独轮车。

“双人驴车。”纪尧姆看我皱起眉头后解释道。他父亲说，路面可能结冰了，走起来速度慢，而且很危险。但丛林中的小路有树木荫蔽，走起来会比较安全。也就是说，他在问我是否有体力。

他可能会想，我病得如此严重，为什么还这么妄自尊大。或者，可能是愚蠢。实际上，直到现在，我自己也怀疑。但回想当时，我只能说我知道力气足够用。高烧过后，留下的是旺盛的精力，还有我很长时间以来缺乏的一种目的感。

我爽快地接受了布雷莱克的建议。同时我也很兴奋。我和法布丽萨坐在蓄水池旁，她请我来找她。而且我就是在这山中第一次听到她的声音。

昨晚没有再下雪，所以，尽管地上结了一层厚厚的霜，但路并不难走。我们步伐轻盈，很快就到了两天前我路过的那座小桥。12月的清晨，冰封的河面犹如一面镜子，我和那“三只公羊”的影子倒映在冰面上，闪闪发光。芦苇和棕色蒲草卡在冰缝隙里像一列锡制玩具兵，他们仿佛是在冬天降临的那一刻被冻住的。

我们穿过荒芜的田野，棕色的垄沟积满白雪，然后来到树林边缘，那里树木上的冰霜闪烁着光芒。

我指明自己走下山的那条路，我们排成一列，开始向上爬。路途陡峭，但和之前相比并没有那么费力。布雷莱克和他的孩子很好相处，阳光温暖，风儿和煦，我们情绪高涨。我一直伸着耳朵寻找法布丽萨的声音，但今天的迷雾中似乎并没有人形，群山中也没有人在观察我们。

我一直拖延着，没有去问布雷莱克一家是否知道法布丽萨，因为我不想让自己的希望落空。我拖延的时间越长，他们告诉我在哪儿能找到她的这种可能性存在的时间就越久。

我们就这样走着。

我记得有一只鸟在一棵树光秃秃的树枝上啁啾。一只母乌鸦，可能是知更鸟，在法国的乡村树林里唱着英文歌，听上去有些奇怪，这使得我又对法布丽萨产生很荒谬的想法。我想，或许某一天，我们可以手牵手走在苏塞克斯高地上。我幻想着我们可以陪伴彼此度过最美好的时光，看无数次日落，相拥着度过每个夜晚。当然，我的计划只不过是空中楼阁，是天马行空。想起她聪慧的灰色眼睛，还有扭动苍白的脸、头发披在肩膀上的样子，我笑了，我内心是那么地渴望再见到她。

“纪尧姆，我想问一下，您认识一个叫法布丽萨的女孩吗？”

他想了一会儿，摇摇头。

“那皮埃尔呢？还有您的父亲。您可以问一下吗？”他转过身去，我继续喋喋不休地说着，语调轻松，以此来抵御自己的失望之情。

“我们是两天前在移牧节的晚宴上认识的，但我当时很傻，没记住她的姓。我很想知道她住在哪儿。”

我听见布雷莱克先生重复了一遍她的名字，但他摇了摇头，皮埃尔也是。纪尧姆转过身来看着我。他说，他们都不认识这个女孩，又说道：“先生，我父亲说在奥斯塔尔没有见到您。”

我的胃抽搐了一下，很难受。

“他没有见到我吗？”我停了一下，“嗯，人太多了，很难找到某个人。我甚至整晚都没有见到盖里夫人一眼，是她邀请我参加晚宴的。我想这种场合就是这样吧。”我又停了一下，“您父亲没有被牵扯到斗殴事件中吧？”我尖声笑了一下，“您知道吗，一开始我以为是真的打起来了。那些剑还有头盔，很逼真。”

纪尧姆的目光打断了我。

“您说斗殴，先生？”

“嗯，打架。”我说道，“打斗。”我停下来看着他，“纪尧姆，您去了吗？移牧节晚宴？”

“是的。我们都去了。”

纪尧姆真的被我说糊涂了，而我觉得似乎我把那一天都毁了，于是便不再说什么。但这件事一直困扰着我。虽然我承认当时我心事重重，但我对那晚的记忆和他们竟能有如此大的出入，实在是很奇怪。

我们继续往前走，路越来越陡，我们几乎没有说话。最后，我认出了两条路交汇到一起的那个路口，重新走回到大道上。

我们停下来歇口气。就在那时，我又感觉到颈背的刺痛，空气也厚重起来，这一切都是那么熟悉。我看了看左手边茂密的灌木丛，看到一些长满伤疤的古树根，消失在深山里。

“像台阶。”我喃喃自语道，头脑中又回响起法布丽萨的声音。

“先生，是这个方向，对吧？”

“什么？”

我意识到我的三个同伴停了下来，在等我继续给他们指路。

“对，是的。一直向前走。”

挥之不去的想法

我们从立着木牌的那条小路上走出来已经接近11点半了。

我们停下来休息了一会儿。我给大家递烟，老布雷莱克拿出一瓶有发霉的八角味的白酒，给大家轮流喝。我们各自喝上一大口，用手套擦拭一番瓶口再递给下一个人。

两天前天气恶劣，再加上撞车后我迷失方向，使得我无法准确估计距事故发生地点还有多远。结果，不到五分钟，那辆黄色的奥斯丁便映入眼帘。

“瞧。”看到车没有完全掉下去，我欣慰地喊道，“就是那辆车。”

结了冰的路面很滑，我们半走半滑，一两分钟就走了几百码来到车前。我们四个人盯着小黄车看，布雷莱克和他的儿子说着什么，语速很快，我听不懂。

我看着纪尧姆把挎在肩膀上的一卷绳子拿下来，绑在后保险杠上，然后把绳子的另一头绕在腰间，皮埃尔也照做。他们把手支在膝盖上，开始用力拉，布雷莱克站在旁边大声叫喊着，样子就像鱼市上大声招揽顾客的小贩。

伴随着金属剐蹭坚硬地面的声音和男孩子们“呼哧呼哧”的声音，车被慢慢地从悬崖边上拉了回来，之后四个车轮全都回到了地面上。

“太棒了。”我对纪尧姆点着头，说道，“还有你，皮埃尔，谢谢！”

纪尧姆解开绳子，往后退了退，好让布雷莱克看得更清楚。布雷莱克绕着破损的车看了一圈，仿佛是在观察一件拍卖品，他指了指轮轴、撞弯的前轮拱罩，还有一根如同脱线的线头一样悬在那里不知道是什么的电缆，他一直摇着头。从他的表情也能看出，车很难修。

“要四五天，至少。”

“他说……”

“四五天，是的。您可不可以问他一下我们现在应该怎么做？尼欧村有汽车修理厂吗？或者，是否需要考虑把它拖到塔拉斯孔？”

纪尧姆转向他的父亲，开始了另一段冗长的讨论，所以我从他们响亮的讨论声中撤出来，坐在一块石头上。太阳已经越过山头，天气说不上暖和，但至少不是很冷。偶尔传来鸟儿奇怪的歌声，空气中弥漫着松脂的味道。

白色日光照在山间，光线耀眼而斑驳，我遮着眼睛，扫视山路下方的山坡。我的视线范围内没有房屋，没有任何人类居住的迹象。纪尧姆的话证实了这一点。没有人会住在山谷里海拔这么高的地方，仅有的牧羊人小屋在冬季里也空无一人。这里环境过于恶劣，寒冷且没有遮挡。

我点着一根烟，想着法布丽萨的话。她和家人走过的那条小路两旁长着繁茂的黄杨和……和什么来着？我的指头在膝盖上敲着，黄杨叶子和……我知道了。

“白桦。常青黄杨和白桦。”

这两种植物在法国这一地区很常见，从我坐着的角度两种树都能看得见。那片桦树银色和黑色的记号很明显，它们右方一点，是深绿色的黄杨灌木丛。确信无疑，就是这样，我就处在那条路上吗？

“也许，我会在这儿找到她……”

“先生？”纪尧姆说道，他脸上露出探寻的表情。

我唰地红了脸。“自言自语。”我一边站起来一边说，“怎么样？您父亲有什么建议？”

在纪尧姆略述布雷莱克的计划时，我努力地去集中注意力，但我的思绪总是不停地飘到下方的那条路上。

“……如果那样合适的话，先生。或者，我们可以再想办法。”

我意识到纪尧姆停止了讲话，正看着我。

“对不起。我没有听清楚，能不能麻烦您……”

纪尧姆又用低沉的声音讲了起来。

“我父亲认为有两个——”

我用余光看到山谷下方有什么东西在移动。或许是一道蓝光，我说不清。我向前迈了一步，视线沿着成行的白桦光秃秃的树梢向前方望去，直望向山谷另一侧的山坡。我眯着眼，偶然间发现树后隐蔽着一块凸出的灰色岩石。石头上好像镶着一块形状如同眉黛的木板，或者是一条缝隙，距离太远，不好辨认。

“所以考虑到底盘受损。”纪尧姆总结道，“我父亲认为这得由一位熟练的技工来做。我父亲在塔拉斯孔的方蒂斯有一个老同事，所以可以讲个好价钱。”

“能到那边吗？”我朝东南方向指着我们对面的悬崖。

即便我的心不在焉冒犯了纪尧姆，他也没有表现出来。

“可以沿着这条路一直走，在米格洛附近下山。但没有什么人要去那儿，那儿荒无人烟。”

“从山谷这一侧能到那儿吗？从这里？从山上的树林里能穿过去吗？”

“即使能，我也不知道。”他耸耸肩，“在我出生之前，人们开采山那端，要开辟出一条通往南方的新路。因此，地形和山坡都变了。”他停了一下，“所以可能会有路，但爬起来一定很艰难。”

“是的，一定是的。”我咕哝着，心里想起一个勇敢的女孩和一个极度虚弱而无法继续前行的男孩。

纪尧姆改变站姿，把重心从一只脚移到另一只脚上，迫不及待地要把事情安顿好：“先生，这辆车，要把它送到塔拉斯孔吗？您可以接受吗？”

现在我知道，我怀疑，洞口就在那儿，我无法把注意力集中到别的事情上。我把目光从岩石里的木板上暂时移走，仅简单地告诉纪尧姆他的建议很好。

他叹了口气，向他父亲竖起大拇指。

“我去塔拉斯孔做准备工作，这期间皮埃尔可以在这儿看着车。父亲带您回尼欧村。”

我犹豫了一下：“其实，纪尧姆，您知道吗，我想我可以在这儿看车。”

纪尧姆的眼睛瞪得滚圆。“先生，您要在这儿等好久的。”他反驳道，“皮埃尔愿意在这里看着，他适应了山上的气候。您应该回村里去。”

“不，我一定要留下来。”我说。

“那您在这里做些什么呢？”

“我会找点有趣的事做的，比如看看书。如果太冷了我就去车里等。”我不耐烦地点点头，“你们去吧。早去早回。”

尽管纪尧姆不太开心，但他意识到无法改变我的主意。他向他父亲和弟弟解释了一番。布雷莱克第一次用当地的古语直接对我讲话，嘴里是香烟味，口气尽显年迈。

“对不起，我不明白。”

兄弟俩递了个眼神，纪尧姆又开始对父亲讲话，然后开始给我翻译。

“他很担心，认为您不应该留在这里。他说这对您不好。这是个不吉利的地方。”

“噢，走吧。”我笑了，“告诉您父亲，谢谢他的关心，我不会有事的。”

布雷莱克瞪着我，眼神冷酷。

“幽灵。”他一边吼，一边用手指戳着我，“幻觉。”

我转向纪尧姆："他说什么？"

他满脸通红："山里有鬼魂。"

"鬼魂。"

"*'E'l Cerc bronzís dins las brancas dels pins. Mas non. Fantaumas del ivèrn.*"

我依稀觉得布雷莱克的话似曾相识，却想不起来在哪里听过。我又转向纪尧姆。

"他说虽然人们歌颂下雪时，林间吹过塞尔斯风，但那是被困山中的人的声音。"他犹豫了一下，"是冬之魂。"

我的脊背打了个寒战。有那么一会儿，我们一动不动地站在那里，每个人都在猜测其他人会有何反应。然后我像听到精彩笑话中的妙语时一样，两手一拍，大笑不止。布雷莱克给我们施下的咒语被打破了。我拒绝这位老人迷信带来的恐惧。纪尧姆和皮埃尔也笑了。

"我会留意的。"我说道，拍了拍纪尧姆的背，"告诉您父亲不要担心。你们即刻就出发吧。告诉他，我会在这儿等着的，确定无疑。"

布雷莱克眼神锋利，一直盯着我看，不得不承认，他深切的目光让我有一丝动摇。但他没再说什么，过了一会儿，他转过身去，招呼两个儿子一起走了。

我站在马路中间，看着他们的背影渐行渐远。纪尧姆和皮埃尔的肩膀宽阔，有如稳健的巨人。他们的父亲走在中间，个子矮小，身体瘦长而结实，肩膀圆润，仿佛被岁月压弯了身躯。

看到这一幕，我不禁很感动。那不是惋惜，因为没有人会为自己不曾得到的东西而悲痛。布雷莱克他们是一家人，他们拥有彼此。这是我从没有过的体验。我和父母的联系仅仅在于姓氏相同，住址相同，别无其他。我的记忆中，我、乔治还有父亲未曾一起做过任何事，即使是从拉旺到迪恩的山丘上散散步都没有过。

一直以来，乔治就是我的全部家人。他，只有他一个人，爱过我。又一个想法冒出来，于是我不再想过去的事情。我笑了笑。或许，在某一时候，法布丽萨会爱上我的。一瞬间，这一想法闪闪发光，明亮耀眼，像盖伊·福克斯之夜的烟火一样绽放。

我回到车里，又一次下定决心要找到她。我靠在驾驶位上，从仪表盘下的储物箱里找出橡胶手电筒。旅行指南还躺在副驾驶位置上，因挡风玻璃被打碎，雪吹进来，书页受潮后膨胀起来。我把它拿到车窗外，抖落掉夹在书脊里的玻璃碎片，开始研究地图。这一次我找到了尼欧村的所在位置。

它在地图上是一个小点，名字被掩盖在了书缝里。难怪我之前会找不到。

我找到了之前纪尧姆提到的米格洛村，然后用手指画了个直角来确定路线。我皱了皱眉。地图上的距离和我肉眼所见并不相符。我明白了其中的原因。纪尧姆说二十年来那里一直在开矿，我猜是采石。那可能就是出现差错的原因。我翻到旅行指南的封皮，发现这一版的印刷时间是 1901 年。

我意识到不能再浪费时间，决定用太阳做向导。我相信等我到了山谷的那一端，奥斯丁鲜亮的黄颜色就能显示出我的出发地。

我还需要些什么？戴着借来的皮帽和手套，我很暖和，但这双“均适”鞋并不适合这样的场合，我爬到山谷那边会摔上好几跤。我扭转过去，探着身子够到行李箱。我笨手笨脚，好半天才打开金属扣，掏出登山靴。掏靴子的过程中，手指碰到冰冷的金属。

我把靴子放在车外，转回身去，把手伸进乱糟糟的衣服和简装书的大杂烩中摸索出手枪。

我靠在椅背上，眼睛盯着这把韦伯利手枪。枪没有上膛，我身上也没有子弹。我可以想象出那个纸盒正蹲坐在我租的公寓最上层的抽屉里。曾经，我想知道留下子弹是否是一种自我保护，现如今，连这个问题都似乎多余。这把枪对于我来说毫无用武之地，只会徒增负担。

我把枪放了回去，关上行李箱。换上靴子，只带上橡胶手电筒，我走下车，关上车门。

我觉得自己万夫莫敌，信心满满，几乎是有些轻率。法布丽萨占据了我头脑和内心的每一个角落。她存在于我的每一次呼吸之中，每一缕思绪之内。我已经没有心思去想，如果找到那个山洞之后我要做什么。

回想起来，仅仅看到一束蓝光我就确信那是法布丽萨，似乎有些可笑。但事实上，我从未想过谁都可能发出那道蓝光，唯独不是法布丽萨。是她自己让我去找她，我一定要遵守诺言。天真如此，幻觉亦如此。

但这愿望多么美好。

发现洞穴

我走回到路标处，又一次钻进树林里，感觉自己像是一个逃学的孩子。

林内的气氛有所不同。部分原因是因为当时没有雾，阳光透过光秃秃的树枝，地上一片金黄，光影斑驳。还有一部分原因是我轻松自如，这要感谢法布丽萨。我觉得自己与这景色浑然一体，而不再是一个外来者。

现在，我知道了方向，于是健步如飞。很快，我就来到了灌木丛下的盘根错节处。我深吸一口气，开始用力拔树下的灌木。灌木茂密紧致，冰霜封冻了一切。这副皮手套虽然有些笨拙，防护作用却很好。用力拽了几下之后，我终于扯断一根木枝，上面还有潮湿泥土的味道。很显然，这说明树根在常绿灌木丛底部呈阶梯状蜿蜒生长。正如法布丽萨所说，那是古老的树根。

我一只脚抵在斜坡上，用力地扯着，直到木枝松动，可以让我向深处挖。这是一场只有我一个选手的拔河比赛。我开始向上攀爬，用腿支撑双手，每一步都肌肉紧锁，就像马洛里和欧文攀爬珠峰时一样。树根湿滑，很不安全，我双手和膝盖同时着地摔倒好几次。两级台阶之间的距离越来越远，也愈发陡峭，后来就像是在爬梯子，蜿蜒直上。

我有些累了。爬山时要一直深深地弯着腰，十分耗费体力，我无法想象法布丽萨和吉恩在夜深人静时，究竟是如何面对着丧命之虞走完这条路的。

就在我已经达到忍耐的极限，认为自己再走不动了的时候，我发现自己已经来到了缝隙处。我直起腰，伸展开局促的肩膀和手臂，在一块大石头上一边休息一边观察周围事物。

我身处一片林间空地，周围树木环抱。虽然这里并不是我路上看到的那块高地，但离那儿并不远。我认出那一圈绿叶和树枝，很像五月皇后的桂冠。在我身后，小轿车停在灰色马路上，我依稀可以辨认出它鲜亮的黄色。那是我的大本营。在我头顶，是凸出悬崖的一条条裂缝，样子就像一面石壁张开数张嘴巴。

我从大衣上拨掉几根小树枝，扔到地上，站起来，准备继续前进。

那里没有人烟，甚至连牧羊人的小屋都没有，而且明显没有小村庄，我是否为此担心过？我想我没有。那时，我满脑子想的就是如何毫发无损地到达山顶。

我继续向上爬，大腿发出“咯吱咯吱”的声音，仿佛是在抱怨。每一步都如同炼狱一般，考验着我的耐力，但我找到了适合自己的节奏，继续坚持着。我低着头，肩膀前倾，用膝盖的力量支撑着上半身。厚重的皮帽下，汗水顺着脖颈流淌，但我知道，还是不能把帽子摘下来。手套里也满是汗水，手指似乎是在汗水里游泳，羊毛袜子和登山靴里裹着的脚趾也有些刺痛。浑身都很不舒服。

但我做到了。现在，我在岩石裂缝的正下方。从这个角度来看，山洞似乎是自然天成而非人造，但我知道事实并非如此。有一些缝隙大到足够一个成年人直立地站进去。有一些则只够孩子手脚并用地爬进去。

当我走近，可以好好观察一下时，秀丽的风景让我叹为观止，无法呼吸。岩石历经了几千年的风雨雕琢，温度变化，第一眼看去，让我想起以前看过的圣地的墓地照片，想起马萨达的惨剧。但在阿列日省，风雪洗刷掉那沙漠般的灰黄，所有事物都露出原本的颜色，或绿，或灰，或棕。

我看了看天空，从布雷莱克和他两个儿子离开的时间来计算，预计现在应该是一点左右。时间足够了。

我沿着山脊慢慢走着，眼睛凝视着山谷，努力地抑制住在心里不断膨胀的失望之情。这些山洞不可能是法布丽萨和家人避难的地方。它们大多只有一两码大。她现在也不可能躲在其中某处。

接着，我注意到一排小草在岩石之间蜿蜒直上。我侧身向那边走去，肩膀靠着山，努力控制自己不要去想万一掉下去怎么办。

“就差几步了，不要往下看，弗雷迪，不要往下看。”

然后我看到在我头部正上方，一块灰色岩石突了出来，就像撅起的嘴唇，下面是半月形的缝隙。

放松下来后我稍有些头晕，我靠在山峰宽广的斜面上，让自己的心安定下来。我做到了。我用尽所有力量走完最后几英尺，终于，我到达了目的地——法布丽萨的山洞。

那时我在想什么呢？我是想她会在里面等我吗，像聚会上的捉迷藏游戏一样？还是像寻宝一样，山洞里面会藏着一个线索，告诉我接下来去哪里？我不记得了。我只记得为自己战胜挑战而自豪，还有强烈盼望能够再见上法布丽萨一面。因为我始终认为她会在那儿，在某个地方，我相信能找到她。

“法布丽萨？”我喊道，但回应我的只有我的回声。

我盯着漆黑的山洞看了看。洞口最高处有四英尺高，五六英尺宽。我用脚尖踢翻了一块石头。石头表面上还有些雪痕，但下面的土壤潮湿，小蠕虫和甲壳虫还活着。

待我眼睛适应了山洞里的阴暗光线后，我感觉到颈后汗毛耸立。我确定，就是这个山洞。但同时还有点恐惧，或者可以说是有不祥的预感。有什么不太对劲儿。但我没有管它，现在我才不打算掉头回去。

我从口袋里拿出手电筒。光线微弱，看来是电量不足了，但射出的光线还是能帮上很大忙。我低下头，走了进去。洞口处潮湿、阴冷，但不管怎么说，还是比外面稍暖和些。我慢慢向前走，用手电筒四处照了照，影子在参差不齐的灰色墙壁上舞动着。我脚下是个下坡，有很多沙砾，凹凸不平。一些松动的小石子和小碎片都粘在了鞋底上。我身后的日光渐渐暗了下来。

突然间，我被迫停下来，无法迈出一步。一道石墙挡住了我的去路，那是碎石和木头架起来的墙。我把手电筒举高，观察石墙上方。碎石由木材紧密地支撑起来。我内心一阵不安，想起我和法布丽萨坐在蓄水池旁时她说的话，虽然那句话当时在我耳边只驻足片刻。

她说：“没有人走出来。”

我用力拉了拉其中一根木头。本以为会非常牢固，结果却在我手心里碎成粉末。我又拽了一根，也很轻松就扯了下来，在我手中不堪一击，它们早已被木蛀虫或白蚁腐蚀。我内心急剧恐慌，把手电放在一处石阶上，准备捣毁这面碎石墙。手套太厚，无法插入墙面的细缝里，于是我把手套、帽子扔到一边，赤手扒墙。

我不知道我拆墙拆了多久，把石头一块一块地挪走。我的指尖流出血来，大臂酸痛难忍，但我疯狂地想要知道墙后究竟藏着什么。拆墙时，灰尘在狭窄的过道里漫天飞舞。

终于，我扒出一个巴掌大的缺口。我继续用石头敲洞口，然后努力把胳膊和肩膀伸进去将洞撑大，直到我可以整个人钻进去。

我深吸了一口气，让自己坚强应对未知情况，爬进那座石头围成的监牢。

尸骨，幽灵，尘埃

立刻，长期凝滞的空气味道，久经封闭后的霉味和期待一一扑鼻而来。

走了几步后，隧道稍微向左拐去，而后豁然开阔，我眼前出现的是一处宽大高耸的洞穴，有如大教堂般大小。这庞大的规模让我喟叹不止。我用手电照向四周的墙壁和头上的空间，光束消失在黑暗之中。

“山中之城。”我喃喃自语道。

一时间，我镇静下来，那是古老之地带给人的那种平静。他们的避难处，她如是说。一个变成坟墓的避难处。

我不禁放下心来，长长地出了一口气。这没什么好看的。直到那一刻，我才意识到自己在山洞里走了多么深，想到可能会遇到的情况，我开始害怕。

“可是你在哪儿？”周围一片寂静，我低声说道。

终于，我屈服了多年积累的常识。法布丽萨不会在这儿。我用了那么长时间拆掉那面墙，看上去不可能还有其他的入口。但是……

我摇摇头，我确信自己会找到她。而且，说实话，我有一种感觉，感觉她就在我身旁，就在附近的某个地方。

我用手电筒扫向整个洞穴，照清每一条缝隙。突然，我停了下来。发现一个不和谐的音符。我向前一步，把手电照向一处凸出来、与墙壁呈45度角的灰色岩石，旁边的地面上有什么东西。我走上前去，拿稳手电，看清那是一张纸，好像是恰巧被一阵疾风吹进来的。

我捡了起来。它质地粗糙，手感极不光滑。那是羊皮，不是牛皮，也不是普通的书页，很像是游客从古埃及遗址库克之行带回的廉价莎草纸。我把它打开。上面字迹潦草，笔法老派，更像是五线谱上的音符，而不是印上去的字母。我把羊皮卷举起迎着光线，但依然看不清上面的字迹。

我把它折起来，放在口袋里，可以过会儿再仔细研究上面究竟写了什么。

我抬起头，注意到正前方的岩石表面有一条裂缝。我用手电照着前方，走过去一看究竟。那是一条狭窄的走廊，在两片巨大的山岩之间呈一道黑缝。缝隙极其狭窄，我无从判断走廊的长度，或是会通向哪里。看上一眼，就会让我觉得幽闭恐惧。

我强迫自己走了进去。我把手电举过头顶，侧过身子，缓缓移动。

“稳住。”我说着，对压在肩膀上的石块恨之入骨，“好了。”

到头来，那条小走廊并不长，走了几步，就来到一处窄小独立的洞穴。它和外面荒芜的山洞不一样，这里明显有人居住过。阴暗之中，我辨认出一堆衣服，少许随身物品，残存的帐篷、毯子，一堆蓝色还是灰色的东西，在手电昏黄的灯光之下，很难辨认清楚。

“法布丽萨？”

我为什么又叫了一次她的名字？我早已断定她不可能在那儿。但我还是喊了她的名字，就好像即便如此，我内心深处依然希望她会在那里等我。

我走近一些。通过手电筒的光线，我看到一些碎布，有红的，绿的，灰的，棕色的。还有一个陶碗，一支燃到了灯芯的牛油蜡烛。

我心跳加快。我在潜意识里相当清楚眼前这一切究竟是什么，而我却无法让自己面对它们。我不能接受，不想接受。

现在又出现了别的东西，一股刺鼻的气味。就像是在教堂里，圣会已经结束，香炉的陈腐气味还未散去。我从口袋里掏出手帕，捂住口鼻。手帕散发着凝结的血液和汽油的味道，但即便如此，依然没有完全抵挡住山洞里的气味。

我的心跳得更快了。手电筒的光线又发现了其他东西。蓝色，深蓝色，那是我哥哥眼睛的颜色，是6月份苏塞克斯田野里亚麻花的颜色，是法布丽萨裙子的颜色。

“不。”我喘息着，脑海里思绪万千，“不，不要这样。”

我强迫自己伸出手去。我用手指轻轻捏起衣料表面，在手里把它翻了过来，我不禁呜咽起来。

“感谢上帝。”

领口处有一块样式和周围不同，那是不一样的剪裁方法。缝在长袍背面的是一个破烂的黄色十字架。面对这出人意料的缓刑，我一屁股坐在地上，手指摩挲着头发，眼睛紧闭。

“感谢上帝，感谢……”

后来，我听到了那声音，那低语声。但这一次，不是一个人的声音。这一次，是很多声音堆叠在一起。如同晚祷告时的圣歌，声音回荡得融洽。

我站了起来，盯着四周。什么都没有。暗影之中，没有东西在移动。什么都没有。但低语声将我包围，前后左右，上上下下，哭泣声、呼喊声嘶嘶作响，不顾一切地想要我听见。

“我们最后一个离开，最后一个。”

“你们在哪儿？”我叫喊道，“现出身来。”

我跌跌撞撞地走向前去，胃里一阵作呕。洞穴的最远处吸引着我。我并不想去，但我无法回头。

现在，又传来另一个声音。那声音更清晰，与众不同。它是只为我发出的。

“尸骨，幽灵，尘埃。”

“法布丽萨？”我对着黑暗大声喊道。

我步履蹒跚地走着，离声音的中心点越来越近，直到脚步自行停下。

我不能再往前走了。我强迫自己看了看眼前的事物，尽管我并不想。我迫使自己注意看那些我知道自己不愿看到的东西。我的眼前尸骨一片，男男女女，还有孩子，一个一个并排躺在那里，似乎他们当初是躺在那里进入梦乡，而后忘记了要醒来。

我低下头，看到那些不起眼的物件抑或是宝物后，眼睛刺痛。那里有蜡烛，炊具，旁边还躺着一个大水罐。对于那些不再需要这些物品的人来说，它们成了陪葬品。

最后，我的大脑终于承认了内心一直在向自己清楚告知的事情。现在，我明白了法布丽萨向我讲述的故事，虽然我之前并不想听到这故事。

是我以前未能听到的。

这个是纪尧姆·马蒂的绿色长袍，画卷还挂在腰间的皮带上。这个，是莫里姐妹缝着红色针脚的宝蓝色袍子。还有这个，阿泽玛女士的灰色面纱从脸上掀起。他们都不是活生生的人了，而是骨架。头骨由头巾或是一块布或是什么隐蔽物半遮着，在手电筒微弱的光照下，骨头呈白绿色。

我咽下胃里返上来的苦水，继续向前走。我现在大概能看清事物的形状了。

尸骨一堆堆地摆放着，那是一家人一起死去的地方。这里埋葬了多少尸体？五十具？一百具？还是不止？有没有人从这生不如死中逃出去？法布丽萨说再没有人归来。避难处变成了坟墓，尼欧村村民的集体坟墓。

最糟糕的事情终将发生。低语声越来越大，人们恳求着，呼喊着，希望有人能救救他们，乞求被放出去。现在又出现了另一个声音，压过低语声。那是爪子抓挠石头的声音。尸骨蹭在粗糙不平的地面上的声音。我想转身回去，但我不能。我无法熟视无睹，因为那样就意味着我又一次抛弃了他们。我的耳朵不住地去听那可怕的声音。

我还没有找到法布丽萨，虽然我竟一直祈祷着不要找到她，但我知道问题只在于时间多少。她回荡在山间的声音，还有在奥斯塔尔时的声音，每个音节都模糊而又清晰，一切都指向一个相同的结论。

响声逐渐增强。现在是尖叫声，伴随着拼命抓挠那些无法移动的砖石的声音。不是塞尔斯风的声音，而是老布雷莱克所说的死者灵魂发出的声音。多年以来，尼欧村一直生活在被困古林的阴影下。

我看到黑暗之中的各种形状在我周围移动着，叹息着。他们不会让我轻易离开。整个山洞里都在移动。白色的幽灵，空中的影子，逝者的灵魂。我用手捂住脸，但我知道这样无济于事。这黑色的队伍依然会在我面前行进。既然我听到了他们死去的故事，我注定要看着他们慢慢死去。

一张张脸在我眼前若隐若现，他们的眼神有一种骇人的美好，慢慢向我靠近，再一点点远去。我在奥斯塔尔见过的那些人又和我打着招呼，熟悉的陌生人。

那个坐在我旁边愁眉不展的男人，现如今头骨从皮肤里刺了出来。曾经微醉的眼睛，现在成了拇指大小的窟窿。满是油渍的嘴巴，只剩下虚弱的嘴唇和黑腐的牙齿。阿泽玛女士娇柔的面孔只留下一块白骨还有对她美丽面容的追忆，似乎连她自己都对容颜逝去感到困惑不解。

我知道为什么我被带到这里。他们要我到这里见证他们的死亡，认清我为自己塑造的那个牢笼的本质。

做不到理解，就不可能有救赎。多年来，我一直徘徊在生与死的边缘，而那一刻，我终于明白了，为什么我能在无声之中听到死者的声音，别人却听不到。十年来，我一直能听到、感受到日常生活之外的东西。我的脑海里一直萦绕着乔治起死回生的情景。如今，在这里，我目睹皮肤从白骨上一点点褪去，肉体渐渐腐烂，生来死往，加速腐烂。一张张面容一点点扭曲，腐烂，消失。

命之来，命之往。从摇篮，到坟墓。

这让人无法承受。我听到一个不同寻常的声音，那是活生生的人发出的。那是一个成年男子在哭泣，是我在哭泣。为乔治，也为我自己。还有那些被埋在冰冷的土里的、被遗忘了的人们。

最后，我感觉到了。空气突然加重。

我的脊椎底部一阵刺痛，胸腔压力变小。那些冬之魂还和我在一起，但他们退到两侧。

“法布丽萨？”

我抬起头，看着前方。那种感觉稍纵即逝，比蝴蝶翅膀的震颤还要短暂。那一刻不是启迪，而是松散的黑发和苍白的面庞扭动时的优雅。我爬了起来，迟疑中向前迈了一步。眼前的景象即刻就溜走了，消失不见了，刚看了一眼就没有了。

“不！”我的叫喊声在整个山洞里回荡，“不要走！”

我左手攥起拳头，断了的指尖抠进满是伤痕的手掌心。我试着记住她的轻盈，她的爱抚，她明亮的灰色眼睛，她嘴角的笑纹。

我又向前迈进一步，走近她刚才所在的地方。透过手电筒微弱的光线，我看到地上摊着一块蓝色布料。这一次没错，就是法布丽萨衣服的颜色。我看见原本是十字架的地方还有黄色线头，我看得很清楚。

我跪在她身边，最大的愿望就是想用手抚摸她柔弱、白皙的肌肤。然而，我手里感受到的只有坚硬的尸骨。我试着叫她的名字，让她活过来，而我却做不到。

“我的爱人。”

我的肋骨似乎先收紧，继而裂开。后来，我终于听见了她的声音，她对我讲着话，只对我一个人讲话，那声音在黑暗中是那样地让人神魂颠倒。

“弗雷迪。”

“我在这儿。”我回答道，半哭半笑着。我知道她能听到我说话，“我许下的诺言，我做到了。我来找你了。”

那时我抱着她吗？不会的，因为我知道她只不过是幽灵，是尘埃。但我记得，有那么一瞬间，我的臂弯感觉到了她的温暖，我叹了口气。我来找她了，她也回到了我身边。我来接她回家。

我能感觉到自己在黑暗里越陷越深，但我现在很喜欢黑暗。她开始和我说话，给我讲那个故事的结尾。我确定，我当时把头贴在她的腿上，听她说着山中故事的结局还有住在山里的鬼魂的故事，她声音起伏，我愈发着迷。

我慢慢闭上眼睛，她说话的节奏让我一点点平静下来，直到最后只剩下一片寂静。就在那安静时分，她溜走了。我感觉到了她的离开。我大声喊叫，但她的魂、灵、神采，随便她是什么，离去了。我知道，这一次，她不会回来了。

我一点点昏迷过去。我不愿醒来。光线越来越暗，我想起了礼堂渐渐熄灭的灯光，平安夜歌剧院的肃穆。我想到永无乡和彼得·潘。想起乔治和我吃着果冻，咯咯地笑。想到现在我们都比以前知识丰富了，知道了死亡绝不是一场大冒险，而是失去。当时，想起我还会再次见到乔治，见到法布丽萨，这样我就心满意足了，于是我笑了。

然后，突然间我开始挣扎。我还不能加入他们的队伍。

这想法有如刺入皮肤的碎片般锋利。虽然我找到她了，我还没有带她回家，就像我一直没有带乔治回家。

“法布丽萨……”话还没说出口，我就闭上了嘴巴。

我在黑暗中漂啊漂，一直漂到南极的冰川下，周围是坚不可摧的沉寂。世界末日般的死寂。

富瓦医院

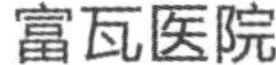

苍白的面庞，惨白的墙壁，素白的床单。

我醒来时，躺在富瓦的医院里。我不知道当时是几号，不知道我在医院住了多久，也不知道我是怎么来到医院的。他们告诉我，我昏迷了两天。我曾愚蠢地认为我已经退烧，谁知由于爬山劳累外加我的低体温症，高烧复发。我一度生命垂危。

48 个小时里，我恍恍惚惚。时间失去了意义。经历了尼欧村的事件之后，怎么会这样呢？现在，当时，过去，当前，仅有只言片语。这两天，分分秒秒，时间那样精准。

盖里夫人从维克代索山谷一路跋涉过来陪伴我。虽然我处于昏迷状态，但我能感觉到她的存在，那是温柔，是母亲般的慈爱。她的手轻抚我的额头。夜里剩下她独自一人时，她轻声呼唤着儿子的名字，以为我听不到。她儿子去参军打仗了，和乔治一样，再也没有回来。他的名字，奥古斯丁·皮埃尔·盖里，和战友的名字一起刻在教堂广场角落里的纪念碑上。当高烧无力地退去，而我终于醒来，盖里夫人却早已离去。

起初，我完全不记得发生了什么，也不记得我究竟是怎么来到医院的。我低头看见自己手上包着纱布，感觉到太阳穴也紧箍着。我意识到我的头也包扎着，而且很紧，很不舒服，喉咙也很痛。似乎我当初一直在叫喊，也有可能是在大声哭。

我的记忆开始一点点浮现在眼前。我试图把一件又一件事串联起来，从汽车走错路之后所有的事。下了一场暴风雪，后来车撞到了悬崖边。这些确定无疑。我去了尼欧村，遇见了法布丽萨，也都真真切切。但从那之后的所有事都模糊不清了。

我清晰地记得自己爬进了山洞，赤手拆除了监牢的围墙。我记得偶然间发现这封信，然后从窄小的缝隙走进里面的洞穴。然后发现了曾和我共度良宵的那些人的尸骨。那是布雷莱克所说的逝去已久的冬之魂。我记得法布丽萨。然后我睿智的双眼泪眼婆娑，因为我和她两世相隔，我哭了。

我身体恢复一些后得知，医生一度对我的病情迷惑不解。我烧得滚烫，而在山洞里面时，我的体温低到了很危险的程度，但与此同时，我并没有严重受伤，所以我的神志昏迷无从解释。我的手和脸轻微擦伤，虽然好像撞破了头，但并无大碍。只有一个尼欧村土生土长的女护士清楚我的病因。这位护士皮肤黝黑，生着一双圆圆的猫眼。她知道我在坟墓里走得太深，沾染了那里的气息。死神进入了我的身体。

医护人员来来去去。医生、精神医师、护士长还有那群穿着发出“吱呀呀”声的橡胶底鞋、衣装笔挺的护士。从表面上看，似乎是历史的重演。曾经是在苏塞克斯疗养院，现在是在富瓦医院，我都是一个无从应对的病人。但我已经不是过去的我了。因为虽然他们像以前的医护人员一样不停地用手指戳着我，可我头脑很清醒。我不再神情恍惚，只是疲倦而已。

而且我知道，对于那个请求，我做到了。我找到了法布丽萨。这一想法一直支撑着我。

随着时间的推移，那些记忆逐渐浮现在我眼前。在此之前的一个个片段，填补着记忆拼图中的一处处空白。我在旅店里住的房间，奔向奥斯塔尔时在教堂广场上我脚下闪闪发光的冰层发出的“吱嘎吱嘎”的声音。我还曾看着黎明的微光照亮山谷。

法布丽萨在我身边。

12 月 22 日，我的朋友从阿克斯莱泰尔姆来看我。他们收到我的信后，一直等着我联系他们。但过了四天我都没有任何消息，他们问了盖里夫人才知道我住院了。

他们待了两个小时。从他们那里，我得知我在山洞中的发现竟实属难得。当地的《电讯报》用了整整一页来报道这件事。人们一致认为这些尸骨约有 600 年之久，虽然这当然有些言之过早，因为考虑到天气原因，要从图卢兹找来专业人士——考古学家、病理学家等专家队伍，这比较困难。但一切都证实了这一论断——这里有隐秘的陪葬品：锅碗瓢盆，衣物，有考古价值的家庭手工制品。

我更明了了一些。这不是生活在记忆中的悲剧，而是一个更古老的故事。

在新闻报道中，一些专家称，这些遗体差不多可以追溯到 14 世纪早期的宗教战争时期。当地历史学家曾发现过类似事件，纯洁教派[1]幸存教士被困在避难的山洞里。隆布夫洞窟就是一个例子。但没有人知道就在附近还会有情况相似的洞穴。

---

① 在 12~13 世纪的普罗旺斯成立的一个基督教派，该教认为物质世界是邪恶的，只有精神世界是纯净的。

“布雷莱克知道的。”我喃喃自语道。

全村人都知道。我的漂亮护士，还有盖里夫妇，他们都是在这个悲伤深锁的小镇长大的。这悲伤不仅仅源于上一场战争，而是世代相传。是历经了数个世纪的所有战争之后，世世代代的尼欧村村民深知这悲切之情已经侵蚀了他们的灵魂。

但我的朋友们谈到我被发现在仅一步之遥的历史之谜中时，我听到了他们语气中的兴奋之情，于是我终于放下心来。因为虽然不是我亲自把她带回家，但我发现了山洞而使得人们将几百年前的亡者的尸骨领了回来。现在就可以开始进行身份确认和埋葬工作了。

我的思绪又飘回到法布丽萨那里。是她把我引到那儿的，对吗？雪白的山间闪烁的一道蓝光？而且，有那么一瞬间，美好而又不可思议，我真的拥着她？

直到平安夜才有其他人来看望我。

傍晚的余晖撒落在一排排整齐的病床上，护士在逐个点亮病房的灯。这时，一个人影出现在病房门口。他肩膀宽阔，在这单调的气氛中显得有些尴尬。

“纪尧姆，请进。”

我当时真的很高兴看到他。他小心翼翼地走到床边，发红的手掌里攥着帽子，给人感觉好像是他后悔来看我了。他有话要对我说，他说有一件事一直困扰着他，很快就说完。

“请坐。”

我试图坐起来，但动作过猛了，我头晕目眩，又跌回到枕头上。

“要不要我叫人来？”

“不，不。”我说，“应该慢点起来的，没关系的。”

他在椅子上搭边坐了下来，显得局促不安。

“您有话要对我说？”我提示着他。

他点点头，但他无法直视我，好像也不知道从何说起。最后，我决定帮他说出来。

“你们离开了多久？”

有这个直驱而入的问题，纪尧姆进入了状态。“三个小时。”他说。当他们从塔拉斯孔开着卡车回来的时候，发现我不见了。他父亲和皮埃尔一致认为我回尼欧村了，想要全心思地解决车的问题。但他不敢肯定，因为他记起了我问过的那些问题。他脑海中一直浮现着我直直地望着山谷那端的情景，还有我问的那些关于悬崖和山洞的问题。他越想，越觉得我是去找山洞了。

他违背父亲的意愿，说服机械师开车前往米格洛，没有返回塔拉斯孔。他从小路直驱而下来到那处高地上，看到山路上留着脚印。考虑到天色已晚，而且气温也只刚刚达到零上的样子，所以他确定那就是我的脚印。

“但先生，我不确定您之后走去哪里了。地面太硬，表面是冰，不是土，所以再没有什么印记。而且有很多条路线可供您选择。

“我能听到我弟弟在路边大声喊我。他们都很不耐烦，因为他们确信这是白费力气。我承认我当时也开始有些动摇。光线一点点暗了下去。我知道，继续搜索并非明智之举。但我还知道，如果您没有回到尼欧村的话，孤身一人在荒郊野外，根本无法活过那晚。后来我就看见了……”

纪尧姆停了下来，面颊羞红。

“什么，纪尧姆？”我急切地问道，“您看到了什么？”

“我不太确定，先生。那是一个人。我用生命发誓，我看见一个人挥手招呼我。”

我的心一紧：“女的？”

他摇摇头：“我不知道，太远了。我看见的就是一道蓝光，一件蓝色长外套。我当时想那可能是您，先生，或许您出发前在车上换了衣服。”

“那不是我。”

“不是您？”

“不是。”

纪尧姆和我对视了一会儿，他诚恳的眼睛流露出疑惑不解的神情，然后又看向别处。

“我爬到您……那个人所在之处，结果那里根本没有人。我一时搞不清状况。后来我看见通往峭壁方向的地上有一些印记，但说不上是脚印。我仔细看了看，发现悬崖下面隐藏着一处洞口。”

“您做了这些，是我的幸运，纪尧姆。”我轻声说道。

“我朝正在山上的父亲和皮埃尔大声呼喊，他们……”

“他们能看见您吗？”

“不，他们离我太远了，而且那时天快黑了。但他们能听见我的声音。当时天很冷，非常安静。冬季里，只有在常青树长着叶子的时候，声音才能在空气里传播。”

“是的，我明白。”

“我在墙壁已经被你捣毁的通道那里发现了手电筒，便追随着您一路走到山洞深处，后来又走到里面的洞穴里。”他停了一下，“我父亲总说，但……”他舔了舔干燥的嘴唇，“我当时很担心您，先生，我一直在想怎么把您救出去带您去看医生。您已经没有了意识，呼吸微弱。那时候我一门心思想这件事，别无其他。”他看见我一直凝视着他，“您确定我看见的不是您？”

“十分确定。”

“问题是，您躺在那里，身上披着一件蓝色长袍。这真的很奇怪，因为您的衣服和那个……那个女人身上的那件衣服很搭调。她也是一袭蓝色长袍，颜色一样……您就躺在她旁边。”他吞吞吐吐，“和我……向我招手的那个人……是一样的蓝色。”

我意识到这是纪尧姆要告诉我的主要问题。纪尧姆不愿相信他父亲的迷信传说，我并没有责怪他。

“或许只是光线在作怪。”我说。

纪尧姆点点头。我没能消除他内心的疑虑，但这件事就这样得到解决，而且我们再也不会提起，他心存感激。他摸索着自己的口袋。

“还有这个，先生。”他说。

他递给我我在山洞里拾起的那张羊皮卷，那时他已经忘记了这一发现曾给他带来的恐惧。

“您当时紧紧地抓着它，我猜它一定很重要。”

他弯下身子，把它放到我的身旁。那粗糙的羊皮卷在惨白色的床单上显得暗黄无比。

我感激不已：“谢谢！真心感谢您！”我把信拿起来：“您

看了信的内容吗？”

他摇摇头：“上面是古语。”

“奥克语，当然了……”我意识到他可能不识字，便没继续说下去。我不想让他尴尬：“如果您没有坚持去找我的话，纪尧姆……我受您再生之恩。”

“还有你，法布丽萨，”我低声说道，“还有你……”

“换作别人，也会这样做的。”他站了起来，粗声粗气地说。椅子腿在油毡上剐蹭着。他不会炫耀自己的英雄主义，现在他履行完自己的职责，便急着离开。

我知道他错了。虽然乔治给我讲过他所见过的高尚行为，但并不是每个人都能冒上生命危险去救别人。

“我该走了。”他说。

“谢谢您来看我。如果您有什么需要，我希望我能有办法谢谢您。”

“不客气。”他飞快地说，“我父亲要我向您转达谢意。他说您会明白他的意思。”

我犹豫了一下，然后点点头：“我想是的。代我问候他，还有盖里夫人。”

“我会的。”

他把帽子戴到头上，转身准备离开。

“祝您圣诞快乐，纪尧姆。”

“圣诞快乐，先生。”

他迟疑了一下，宽大的身躯将门口填满，挡住了走廊里照过来的灯光。随后他便离开了。

我拿起羊皮卷放在眼皮底下，虽然我知道我读不懂，但还是极其紧张，不敢打开。但事实是，我知道这封信就是给我的。法布丽萨给我的。不，不是给我，是给随便哪个听到山中的说话声然后来带他们回家的那个人。

我把它打开，摊平。上面字迹参差潦草，笔画重叠，似乎是墨水即将用光，或是用力太轻，也可能是太重。我还是无法看清上面的字，但这一次我疲倦的双眼看到了底部的日期，还有三个缩写字母：“FDN。”

“F”代表法布丽萨吗？当然了，我希望如此。那剩下的两个字母呢？我不得不等待。我不得不等待。

我躺回到枕头上。

没有什么合理的解释。事情就这样发生了。有那么一瞬间，我溜回到时间的缝隙当中，法布丽萨回到我身边。是鬼？是魂？还是一个活生生的女子，本来活在自己的岁月里，却穿越到了天寒地冻的12月？这是我无法理解的，但现在我知道了，这根本不重要。重要的是结果。她向我寻求帮助，而我做到了。

“我的爱人。”我说。

是因为她，我面对了自己内心的魔鬼。她让我自由，并展望未来。不是永无休止地陷在时钟一直显示的 1916 年 9 月 15 日这一天。不再沉迷于 1921 年 11 月 11 日在奇切斯特大教堂举办的皇家苏塞克斯团纪念仪式上无法承受的那一刻，因为下一秒钟，我就不知道乔治身亡何处了。不再因为看着香槟洒出来，一点一点滴落在昂贵的皮卡迪利餐厅的桌子上，而被责罚。

我闭上眼睛。萦绕耳边的，是医院里的各种声音。远处走廊里轮子的吱吱声。还有，某处看不见的地方，传来的圣诞颂歌的欢唱声。

图卢兹

1933年4月

重返灰色忏悔街

“所以，”弗雷迪说道，“我来到了这里。我之前一直没能过来。”

他靠在椅背上，手捧着一杯白兰地。索拉看着他。

就在他们谈话过程中，影子已经拉长了。午后的太阳，照射着书店窗子外的金属栅栏，在屋子的地板上投下菱形图案。

索拉清清嗓子：“那过去的五年里呢？”

“我回到了英国。没有立刻回去，而是当我真正意识到没有什么……”弗雷迪突然停下来，“当然了，后来经济大萧条，以及带来的一系列后果。我手里的股票一夜之间变得一文不值。除了出去谋生，我别无选择。我和别人合租了房子，在伦敦的帝国战争纪念坟墓管理委员会找了一份工作。工资微薄，但对于我来说足够了。”

“我明白。”

“1932 年 7 月 1 日，我们在蒂耶普瓦勒为索姆河战役遇难者纪念碑举行了揭幕仪式。我哥哥所在的团，三个南下团，在索姆河战役前夜，跳出战壕采取进攻。他们拿下了德国前线，并占据了一段时间，但后来又撤了回来。不到 5 个小时，18 位军官以及苏塞克斯近 350 名士兵全部牺牲。第二天，全面战争打响了。”

“那以后你又做了什么？”

“旅行，主要是在法国和比利时。我所在的团队负责维护墓碑、十字形纪念石碑以及墓地。”

“这样就不会有人被遗忘。”

“我们纪念他们，再也不允许发生此类大屠杀事件。乔治，盖里夫人的儿子，阿列日省人民，南下团……我们一定要记住他们，所有牺牲的男孩。”弗雷迪停了下来。此时此刻，悼念不合时宜。

他喝了一口酒，小心翼翼地把笨重的酒杯放回桌上，在绿色毛毡上把羊皮卷推了过去。

索拉和弗雷迪对视了一会儿。他在弗雷迪的眼睛里，既没有看到期待，也没有看到焦虑，看到的却是决心。他意识到，无论信里是什么内容，这个英国人都会不以为奇了。

“您准备好了吗？”

弗雷迪闭上了眼睛："准备好了。"

索拉推了推架在鼻梁上的眼镜，读了起来：

尸骨，幽灵，尘埃。我最后一个离去。其他人都已潜入黑暗。如今，我的生命即将结束，寂静的空气中仅回荡着我曾爱过的人儿的一声回音。余下的，唯有孤独、沉默。佩尔桑特。

生命即将走到尽头，我迎接它的到来，就像是迎接一位许久不见的老朋友。死亡来得太慢，我们被困在避难处，而后来，那里却成了我们的坟墓。他们一个个的，心跳停止跳动。先是我弟弟，然后是我父母。如今，仅存的声音是我的灵魂在呼吸。就是这样，还有水滴沿山洞里长满青苔的墙壁轻柔地滴落的声音。仿佛是高山在哭泣。仿佛，连它都在为死者哀悼。

我们听到了他们的声音，他们的脚步声，我们以为自己很安全。我们听到石头一块一块地摞起来，听到锤击木头的声音，但我们仍然不知道他们将永久性地把出口封死。能够照亮这座地下之城的只剩下蜡烛和火炬了，我们曾经的避难处，成了我们的坟墓。

最后，我还要写一段话，不会很长。现在我力不从心，蜡烛也将燃尽。这是我要留下的证据，记录下在历史上曾有一群男男女女还有孩子是如何在这个被遗忘的角落里生活并死去的。我要把它写下来，这样后人才会知道真相。

我不畏惧死亡，但我害怕被遗忘。我担心不会有人记载下我们逝去的那一刻。总有一天，会有人找到我们。找到我们，把我们带回家。因为虽然方方面面都做到了，但只有文字会流传下去。文字可以延续。

我要写下真相。因为有那些我们选择去爱和那些爱我们的人，所以，我们不可取代。

佩尔桑特是善良鬼魂之神，他怜悯我的灵魂。

普里马

公元1329年春

“会有人找到我们。”弗雷迪重复道。

索拉从半月形眼镜上方注视着他。说话声在窄小的店铺里回荡，最终像书架上摆放着的书籍一般沉默无声，他一直等着，没说话。

“1329年春。”他最后说道。

弗雷迪眼睛瞪得溜圆。

“是的。”

“600 多年前。”

“是的。”

两个人对视着。时钟滴答滴答，尘埃在条状的午后光线中舞蹈，只有它们告诉人们，时间还在继续。

“你后来回过尼欧村吗？”

“是的。回去过几次。”

“然后呢？”

弗雷迪笑了：“一切都变了。那里重整旗鼓。盖里夫妇还住在那儿，他们的旅店生意很兴隆。”

“不再生活在阴影中了。”

“完全不了。尼欧村也成了塔拉斯孔南部山区的度假中心。纪尧姆·布雷莱克借此机会赚了很多钱。他们甚至还谈起要修一条索道，把游客送到山上的洞穴去游览。”

“还有呢？”

“旅游景点。规格上还比较小。还不能和隆布夫洞窟或尼奥洞窟相媲美，但总有一天会超过它们的。”

弗雷迪看着阳光下的窗子，心里想着：如果法布丽萨看见村子又重新恢复生机，她会作何感想？这几年，他时不时地就会思考这个问题。

“当然了，这个故事中的情节都是正确的。”索拉说，

“在 14 世纪初，纯洁教派幸存教士遭到追捕，最终被赶尽杀绝。富瓦·赛巴斯伯爵，也就是后来的亨利四世，手下的士兵在隆布夫发现五百多具尸骨，当时那些尸骨已经在那儿埋了 250 年。”

弗雷迪点点头：“我读到过。”

“你在奥斯塔尔见到的那些人——纪尧姆·马蒂、阿泽玛姐妹、奥捷，都是典型的那一时期纯洁派教士的名字。法布丽萨也是。”

“是啊。”

索拉犹豫了一下：“我还是不太确定，您对那晚发生的事情是怎么看的。”

弗雷迪看着他的眼睛：“我们生活在现代，索拉。我们生活在科学和理性思维的年代。也许科学和理性对我们并没什么好处，但我们无须像自己的祖辈一样，生活在压抑的宗教以及非理性、魔鬼和报应等迷信的阴影中。我们都知道，夜惊、幻觉以及黑暗中的说话声，都可以用心理学来解释。我们知道，意识会和我们开玩笑，嘲笑我们脆弱、不坚定、简陋的小心思。”他耸耸肩：“医生告诉过我很多次我病了，次数之多，连我自己都数不清。”

“您是说医生是对的？”

弗雷迪笑了："或许他们是对的。但，索拉，我知道她就在那里。法布丽萨就在那里。我看见她了。我和她说话，搂着她。在尼欧村，我行走在村子外那片忧伤土地时，她千真万确就在那里，就像您坐在这儿一般真切。"

"那现在呢？"

起初，弗雷迪没有回答。

"在那些强烈感情爆发的瞬间——爱，死亡，悲伤，我们会溜回到时间裂缝中。我相信，时间可以延展、收缩、碰撞。这些都是科学无法解释的。可能我撞坏汽车、失去知觉时就是这样，也可能不是。"他耸耸肩，"法布丽萨曾在这个村子生活过，我不质疑。她找到了我，我也不质疑。"

"那信仰呢？"索拉说道，眼睛环视着排满书籍的书架，"关于这以外的东西的信念是什么？"

"谁曾说过？生命，并不是别人教导我们的——要寻求答案，而是要知道应该去追寻什么。"

索拉低头看着那封古香古色的信，看着他为这位英国访客苦心翻译的文字。

"您为什么等了这么久？"

"我要做好聆听的准备。"

"啊！"

“还要做好准备，让事情有个了结。”

索拉把眼镜放到桌子上，揉了揉眼睛。

“还可能，是您已经知道上面写的什么了？在读信之前我感觉到，这一切都不会惊到您。”

弗雷迪耸耸肩：“‘因为有那些我们选择去爱和那些爱我们的人，所以，我们不可取代。’这是法布丽萨写的。”他笑了笑：“不用翻译，大家也都能理解这些话所包含的道理。”

两个人陷入沉默。时钟继续走着，这一天的时光一点点溜走。外面的马路上，传来汽车的鸣笛声，妇女深情地给孩子或是爱人打电话的声音——春日午后现代城市的声音。

“您打算怎么处理这封信？”过了一会儿，索拉问道。

“什么都不做。”

“我会给您一个好价钱的。”

弗雷迪笑了笑：“为这样一件物品花上大价钱，我觉得不太可能。您觉得呢？”

“或许不会。”索拉承认道，“但也许您会改变主意呢。”

“当然了，我会记得您的。”

弗雷迪站起身。他穿上外衣，把信装在了纸板钱包里。

“耽误了您的时间，我要付钱给您。您会同意吗？”

索拉举起双手：“我已经得到了快乐。”

弗雷迪还是掏出一张五十法郎的钞票，放在柜台上。

“那就捐给公益事业吧。”他说。

对于这份礼物，索拉点头答谢。他没有拿起来，也没有试着还回去。

两个人在门口握了握手，为了这个午后，这个故事，还有他们分享的这个秘密。

“您哥哥的事怎么样了？”索拉说道，“在您旅行途中，在战争纪念坟墓管理委员会工作时，你找到一直想要知道的答案了吗？你知道他究竟发生了什么吗？”

弗雷迪戴上毡帽和驼色手套：“他的一切，上帝知道。这就够了。”

他转过身，走回到灰色忏悔街上，影子拖在前方。

后记

中世纪的基督教异端，我们现称之为纯洁教派，在1328年之前全部被消灭。1244年蒙特塞居沦陷，1255年格里布斯堡要塞失守以后，幸存的纯洁派教士被驱赶至比利牛斯地区高高的山谷中。许多纯洁派牧师——男巴赫菲及女巴赫菲——都被处决，或是被驱往伦巴第[①]或西班牙。

虽然失去了精神领袖，但大群纯洁教派还是在阿列日省不断蓬勃发展，主要是在塔拉斯孔、阿克斯莱泰尔姆（那时称为阿克斯）周围，以及一些较大村镇，如蒙塔尤等。帕米耶宗教法庭（负责阿列日省）、卡卡颂宗教法庭（负责朗

① 意大利的一个州。（译者注）

格多克）继续追捕、迫害异教徒，仅仅因为他们认为那些人是异教徒。他们把逮捕到的人投入米尔地牢。其主要领导人是西多会修士雅克·富尼耶，他在天主教行列中晋升很快，1317年成为帕米耶地区主教，1326年成为米尔普瓦地区主教，1327年成为红衣主教，最终于1334年晋升为阿维尼翁地区教皇，名号本尼迪克特十二。富尼耶的审问登记簿详细记录了他在任时法庭上的审问和处置信息，很讽刺的是，这却最终成为14世纪朗格多克地区纯洁教派的尚存历史记录中最重要的一项。纪尧姆·贝利巴斯是最后一位纯洁教派巴赫菲，于1321年死于火刑。

在惨绝人寰地歼灭纯洁教派的最后几年时间里，所有村庄都是被全员逮捕——如1308年春秋两季时的蒙塔尤。有证据表明，所有村民都逃到比利牛斯上山谷地区迷宫般的山洞里，最最臭名昭著的例子就是隆布夫洞窟。宗教法庭的士兵意识到，与其继续玩猫捉老鼠的游戏，不如用传统的工程战术，封住出口，结束游戏。他们照做了，将所有人埋在里面，似乎效仿中世纪时期的马萨达。

直到250年以后，富瓦·赛巴斯公爵，也就是后来的法国国王亨利四世，其手下的部队挖掘出这些洞穴，那些惨剧才大白于天下。他们发现的都是一堆堆的一家人的尸骨，他们一个个并排躺着，几百年后，那些骨骼已经融合，他们生命最后时期的珍宝摆在身旁，也终于从成为活人坟墓的石砌避难处搬了出来。

《冬日梦魇》的灵感便是源自这一惊悚的纯洁教派的历史片段。

如果想了解纯洁教派末日的更多信息，可以阅读埃马纽埃尔·勒鲁瓦·拉迪里的经典作品《蒙塔尤》，这本书首次出版于1978年，完整、详尽地描述了14世纪阿列日省人民的生活、信仰和传统。法国神秘主义者、20世纪三四十年代塔拉斯孔纯洁教派历史学家安东尼·戈代的作品《纯洁教派遗产》也值得探究。雷内·韦斯的《最后的纯洁教士》、安妮·布雷农的《皮埃尔·奥捷——最后的纯洁教士》也是不错之选。

凯特·摩斯

图卢兹，2009年4月

* 这个故事的早期版本名为《洞穴》，时为面向成年新兴读者群的“2009快速阅读计划”而出版的一本小说。

致谢

我非常感谢为《冬日梦魇》一书付出辛劳的所有人。

我的经纪人马克·卢卡斯，他一直启发我，他还是一位出色的编辑，虽然他没用便条贴，但他使得此书的修改过程非常愉快！我要对马克、爱丽丝·桑德斯，以及法律出版集团的每一位工作人员表示感谢。感谢猎户星出版集团编辑部、宣传部、市场部以及销售部和艺术部门的每一位工作者，尤其要感谢“编辑梦想”团队的乔恩·伍德和吉纳维芙·佩吉，以及马尔科姆·爱德华兹、丽莎·米尔顿、苏珊·兰姆、乔匠、露西·史翠克、马克拉什、盖比·扬。

没有亲友的感情支持以及实际帮助，我就不会写成这本书，尤其感谢我的婆婆罗茜·特纳；感谢我的父母，理查德和芭芭拉·摩斯；感谢我的遛狗伙伴朱莉·彭伯里、凯斯·欧汉伦；感谢乔恩·埃文斯、露辛达·蒙蒂菲奥里、罗伯特·戴伊、玛丽亚·莱特、彼得·克莱顿、瑞秋·福尔摩斯、鲍勃·普利以及马里·普利。

最后，如果没有我的丈夫格雷格·摩斯以及我们的孩子玛莎和费利克斯的爱和支持，一切都将无足轻重。一如既往，谨以此书献给他们。

图书在版编目(CIP)数据

冬日梦魇 / (英) 摩斯著；孙菲译. - 重庆：西南师范大学出版社, 2015.8
书名原文: The Winter Ghosts
ISBN 978-7-5621-7528-5

Ⅰ. ①冬… Ⅱ. ①摩… ②孙… Ⅲ. ①长篇小说－英国－现代 Ⅳ. ①I561.45

中国版本图书馆CIP数据核字(2015)第175111号

THE WINTER GHOSTS: AN ILLUSTRATED NOVELLA BY KATE MOSSE

冬日梦魇

DONGRI MENGYAN

[英] 凯特 · 摩斯 著　孙菲 译

出 品 人：米加德
总 策 划：卢　旭　闫青华
责任编辑：何雨婷　顾晓艺
装帧设计：谷亚楠　胡　静
出版发行：西南师范大学出版社
重庆市北碚区天生路2号　邮编：400715
http：//www.xscbs.com
市场营销部电话：023-68868624
印　　刷：重庆市正前方彩色印刷有限公司
字　　数：132 千字
开　　本：890mm × 1240mm　1/32
印　　张：7.75
版　　次：2016年1月第1版
印　　次：2016年1月第1次
著作权合同登记号：2015年第296号
书　　号：ISBN 978-7-5621-7528-5

定　　价：25.00元

读者回函表

Readers

WIPUB BOOKS

姓名：＿＿＿＿＿＿ 性别：＿＿＿ 年龄：＿＿＿ 职业：＿＿＿＿ 教育程度：＿＿＿＿

邮寄地址：＿＿＿＿＿＿＿＿＿＿＿＿＿＿＿＿＿＿＿＿ 邮编：＿＿＿＿＿

E-mail：＿＿＿＿＿＿＿＿＿＿ 电话：＿＿＿＿＿＿＿＿＿＿

您所购买的书籍名称：《冬日梦魇》

您对本书的评价：

书名：	□满意	□一般	□不满意	故事情节：	□满意	□一般	□不满意
翻译：	□满意	□一般	□不满意	书籍设计：	□满意	□一般	□不满意
纸张：	□满意	□一般	□不满意	印刷质量：	□满意	□一般	□不满意
价格：	□便宜	□正好	□贵了	整体感觉：	□满意	□一般	□不满意

您的阅读渠道（多选）：□书店 □网上书店 □图书馆借阅 □超市/便利店 □朋友借阅 □找电子版 □其他＿＿＿＿＿

您是如何得知一本新书的呢（多选）：□别人介绍 □逛书店偶然看到 □网络信息 □杂志与报纸新闻 □广播节目 □电视节目 □其他＿＿＿＿＿

购买新书时您会注意以下哪些地方？

□封面设计 □书名 □出版社 □封面、封底文字 □腰封文字 □前言、后记 □名家推荐 □目录

您喜欢的书籍类型：

□文学-奇幻小说 □文学-侦探/推理小说 □文学-情感小说 □文学-散文随笔

□文学-历史小说 □文学-青春励志小说 □文学-传记

□经管 □艺术 □旅游 □历史 □军事 □教育/心理 □成功/励志

□生活 □科技 □其他＿＿＿＿

请列出3本您最近想买的书：＿＿＿＿＿、＿＿＿＿＿、＿＿＿＿＿

请您提出宝贵建议：＿＿＿＿＿＿＿＿＿＿＿＿＿＿＿＿＿＿＿＿

★感谢您购买本书，请将本表填好后，扫描或拍照后发电子邮件至wipub_sh@126.com和xscbsr@sina.com，您的意见对我们很珍贵。祝您阅读愉快！

图书翻译者征集

为进一步提高我们引进版图书的译文质量，也为翻译爱好者搭建一个展示自己的舞台，现面向全国诚征外文书籍的翻译者。如果您对此感兴趣，也具备翻译外文书籍的能力，就请赶快联系我们吧！

您是否有过图书翻译的经验：□有（译作举例：________________）
□没有

您擅长的语种：□英语　□法语　□日语　□德语
□韩语　□西班牙语　□其他________________

您希望翻译的书籍类型：□文学　□生活　□心理　□其他________

请将上述问题填写好、扫描或拍照后，发电子邮件至wipub_sh@126.com和xscbsr@sina.com，同时请将您的译者应征简历添加至邮件附件，简历中请着重说明您的外语水平等。

期待您的参与！

西南师范大学出版社
上海万墨轩图书有限公司

更多好书资讯，敬请关注

万墨轩图书

西南师范大学出版社

文学 · 心理 · 经管 · 社科

艺术影响生活，文化改变人生